我的風火輪

吳敏顯 著

你可以從書裡看到：一個自以為還活得年輕自在的老人。

你也可以瞧見：一個似乎未曾遭受歲月蹂躪，卻帶點痴傻的鄉下人。

——那個人，像不停地推著石頭上山的薛西弗斯。更像一個經常與神仙鬼怪對話爭辯的乩童；一個常在宜蘭河邊踩踏風火輪奔馳的哪吒。

自序
寫到盹佝

讀書和寫作，瓜分我大半輩子歲月。

沒想到，年齡越大，不明白的事物越多。原本以為澄澈清明的事兒，跟著混沌模糊。追究根柢，似乎無法拿俗稱的「老退」那麼簡單的答案去搪塞。撈篩個半天，最後大概也只能用返老還童勉強應付。孩童不管伶俐笨拙聰明與否，免不了做些糊塗事。

任何人能把一件事，持續研磨超過一甲子，回想起來還真不容易。慶幸一路走來遇上不少知音，不管在軍中出版社、在學校課堂、在新聞媒體工作期間，都讓我有機會攤開稿紙或用電腦鍵盤，書寫我喜愛的散文、小說和詩，還有一些民間故事。

退休離開職場之後，稿紙和筆依舊霸占書桌，電腦螢幕和鍵盤也很少斷電，不敢偷懶。

儘管眼睛視覺、肩頸和坐骨神經不時搗蛋作亂，有時整個人寫到盹佝，也不曾有過停筆退隱的念頭，就這麼折騰著把時間細細地研磨成粉末，任它飛揚在空氣裡，漂浮到水面上。

全書三十幾篇文稿，絕大部分是二〇一八年散文集《腳踏車與糖煮魚》成書之後才寫的，大概只有少數幾篇短文，係早前蒐集成冊時所遺漏的。

記得小時候鄉下孩子最常玩也玩不膩的遊戲，除了捉迷藏便是打玻璃彈珠。玩多了，總會有幾顆彈珠滾到荒僻的角落，叫雜物和蜘蛛網給收藏，往往要過了許多日子才被發現。

把那玻璃彈珠撿起來擦拭乾淨，依舊閃爍亮光，照樣能勾串出過去快樂的時光，正好醒醒我那寫到打盹的迷糊心境。繼續拿紙筆留下浮泛在腦袋裡的字句，操作鍵盤把它們鋪陳成新的篇章。

歡迎老老小小的讀者朋友，一塊兒上天下海尋寶，探看身為蠹蟲的作者，要怎麼驅趕盹佝妖魔，持續踩踏著風火輪戲耍。

目次

第二輯

第三輯

第一輯

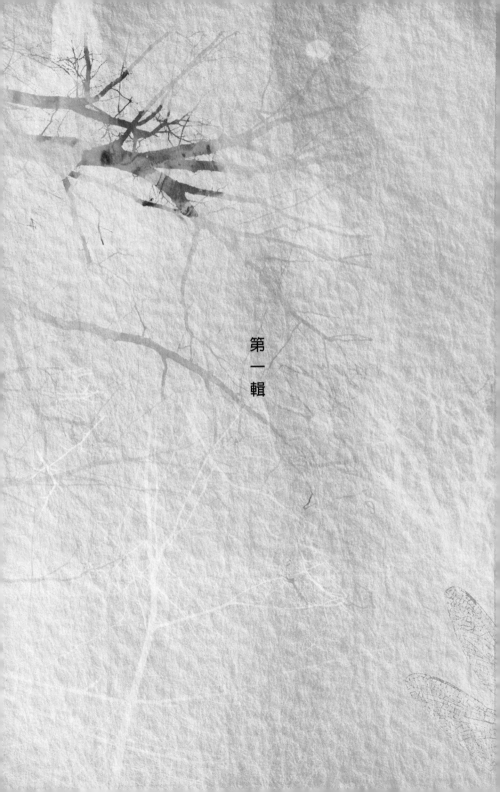

學唱

1.

親友都說，我有許多地方遺傳自媽媽。不但五官神情酷似，十指動作同樣靈巧，打從小男生時期既能夠跟著拿針線縫補衣物，還能夠有模有樣地用圓形繡綳子箍住手帕繡花朵鳥雀，箍緊學生制服胸口繡出學校名稱、學號及姓名。

母子倆先後被醫生診斷出患了神經衰弱，睡覺淺眠。耳朵扇子隨時駐紮號兵，屋裡屋外稍有動靜立刻吹響起床號。醫生剖析勸慰，我說應該是母子連心吧！醫生笑著猛點頭，差點摔掉頂在鼻頭的老花眼鏡。

唯一教人想不透，是媽媽很會唱歌，無論日語歌曲或國台語歌曲，只要從收音機電視機聽個幾回，無須找歌譜，就唱得悅耳動聽；而我則五音不全，拉開嗓門總抓不住音符節拍，任它們胡亂拼湊，高中音樂課補考居然得耍弄奸詐，才勉強過關。

媽媽唱歌頗具天分，係親友鄰居所公認。她從收音機、電視機學來喜歡的歌曲，再憑印象將歌詞逐一寫進筆記本。這些簿子正是她的備忘錄，平日經常翻閱複習的歌本。

看到媽媽那麼辛苦，我曾經找出六十年代郵購的一本《鄉土組曲》送給她，卻發現她照樣採聽寫方式做筆記。老人家說，書裡印刷的字跡太小，持放大鏡閱讀練唱太費事，還是她自己寫的清楚。

其實，媽媽的歌唱才華，早在日據時代讀小學時就展露了。小學畢業不久，即被請去幼稚班當唱遊老師。

2.

外婆連生了三個兒子再生下媽媽和屘姨，屘姨送人收養，媽媽便成為緊貼外婆身邊的掌上明珠。

外婆家靠近宜蘭平原東側的壯圍海邊。日本人占領之前，馬偕博士曾經到附近噶瑪蘭人聚落蓋教堂傳教，漢人叫那聚落番社，因此外婆住的村莊跟著叫新社。

媽媽小時候讀「古亭笨公學校」，需要來回走四公里路。早年農家大多不讓女孩子讀書，她為了排遣通學途中的孤單和恐懼，習慣邊走路邊哼歌謠壯膽，這麼走著唱著，幾年下來就唱會了很多歌曲。

新社村住戶一直稀稀落落，倒是蓋有兩座廟，讓種田兼打漁的村人，有個寄託希望和農漁閒暇的聚會場所。其中，距離外婆家較近的牛埔仔王公廟，百年前只是個雜草叢生的荒野地，家戶畜養的耕牛，都牽到這兒吃草。草埔寬闊，牛和人皆可以享用各自的天地。

牛隻低頭啃食野草，部分大人小孩跟著低頭四處尋找可供藥用食用的青草，或是幫家中飼養的鵝群拔「鵝仔菜」。其他人會去捉蟋蟀、賭石子、唱唱歌仔戲、吹吹竹笛，各忙各。

實在找不出樂子，即朝地裡挖洞掏泥巴捏泥人。再摘竹枝、姑婆芋葉，搭間小小房子供奉那些土尪仔，說是拜王公，保庇稻穀豐收、牽罟分得更多魚蝦。

誰都沒想到拜著拜著，雖然沒發現哪家人發大財，卻真的讓人找回走失的雞鴨，讓人找回被拐跑的兒孫。更神奇的是，竟然有被日本人抓去當軍伕很多年都沒音訊的人，也能毫髮無傷地平安歸來。

從此，牛隻逐步讓出地盤，土尪仔王公披上華麗錦袍，且開始有木雕分身與諸多部將，協助處理事務。廟舍越蓋越具規模，使牛埔仔王公靈聖的封號不但留存村人心目

八十八歲的媽媽唱歌給她九十八歲的哥哥聽。

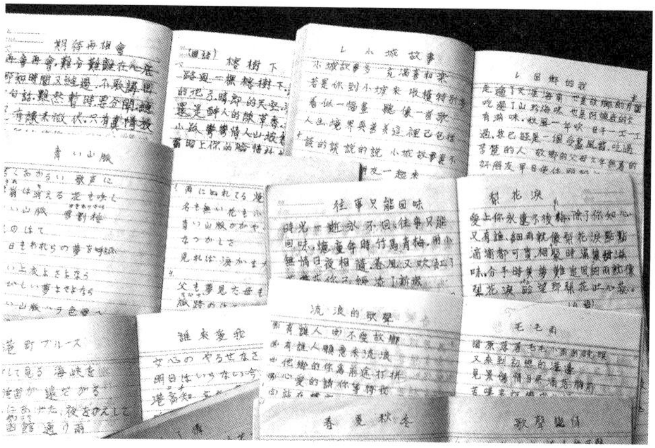

媽媽聽收音機時，會把國台語及日語歌曲的歌詞，逐一寫進筆記簿。整整寫了十幾本。

中，甚至朝外擴張到鄰近鄉鎮。

3.

七十幾年前，牛埔仔王公託夢告訴村民，說小孩子除了懂得放牛玩耍，也要讀書識字才行。王公廟立刻騰出空間，闢設幼稚班。偏僻鄉野不容易尋得師資，小學畢業沒多久的媽媽，因為會唱許多歌又唱得很好聽，很快被找去擔任唱遊課老師。

幾年過去，媽媽和住在鄰村的爸爸結婚。婚後居住的大竹圍，距離牛埔仔王公廟多一倍路程，沒辦法再去教小娃兒唱歌。白天爸爸騎腳踏車去鄉公所上班，同住大竹圍紅瓦厝的大伯父二伯父兩家人，大人下田農作，小孩上學。媽媽迫不得已放下歌唱事業，和伯母她們一塊兒忙著裡裡外外。

後來爸爸為了上班方便，請祖母、媽媽帶著我及大弟搬出紅瓦厝，住到鄉公所對面。才讓媽媽撿回唱歌的喜好，一邊哼著歌謠一邊哄我們兄弟睡覺。

客廳牆壁木架上的收音機，成了媽媽學唱的音樂老師及知曉天下事的說書人，連端坐神龕裡的老祖宗都聽得津津有味。

牆壁上的音樂家教果真厲害，從美空雲雀的日本歌曲，唱到紀露霞、陳芬蘭、江蕙的台語歌曲，再唱到鳳飛飛、蔡琴的國語歌曲。媽媽邊聽邊用筆記本寫下歌詞。偶爾弄不明白，才向鄰居借歌曲冊子，逐字逐句地仔細抄寫查對。

我底下有三個弟弟一個妹妹，一堆男生對唱歌似乎全不來勁，難得安靜片刻當媽媽的聽眾，便可列入乖兒子。記憶裡，最早從童伴間學會的該是一首尋找「放屁人」的台語歌謠，歌詞是：「點落點叮咚，啥人放屁大鬮公，鬮公媽舉鐵錘，摃著死囡仔尻川門。」

一面唱一面伸出右手食指點數人頭，待最後那個「門」字落到誰頭上，那個人就是公認的屁王。

這種歌謠被認為是野孩子曝粗口，所以媽媽特別教我們一首日語童謠替代，歌詞內容在點數木屐。那個年代鄉下人除了打赤腳下田農作，一般居家待客，老人小孩腳下都會趿雙木屐。把參與遊戲者腳下的木屐排成一路，隨時隨地都能玩開來。

「給踏、給踏、卡苦兮卡苦念母，……」邊唱邊來回點數那排木屐，動作和找屁王類似，待歌謠唱完末尾那個字，手指頭點在誰的木屐上，誰要受罰。處罰方式包括：讓出糖果、打手心、彈耳朵、撿柴火、搬磚瓦等等，花樣繁多。

4.

每當這些音符繚繞耳際的恍神時刻，我便發現有個老公公蹲踞牆角，頭頂白髮和臉上的白眉毛白鬍鬚不時隨著微風飄動。沒等他開口，我就認出他老人家。

應該是小學三四年級吧！音樂課老師曾經通過喀喀咔咔響的老風琴，教我們認識這位持著一根長拐杖，拐杖頂端繫串鬚鬚的老先生。對著他唱起：「蘇武牧羊北海邊，斜地又冰天，雞留十九年，口飲血，雞呑沾，也木也古麵。新床汗所濕，夢想回家鄉。力盡籃中籃，心如貼石尖，也坐塞上，時添胡椒，入耳心痛酸……」

在那個才開始認識幾個簡單國字的年紀，這首〈蘇武牧羊〉歌詞裡究竟寫些什麼，全班沒有人能夠逐一辨認，可以大大地張開缺了幾顆乳牙的嘴巴，朗朗上口地跟老師哼唱，全是臨時囫圇呑棗撈個近似音替代，唬弄地學唱。唱著唱著，幾乎大半輩子不曾去搞清楚歌詞究竟是哪些字句。

直到許多年之後，無意間翻閱藝術歌曲本子，才知曉真正歌詞應當是：「蘇武牧羊北海邊，雪地又冰天，羈留十九年，渴飲雪，飢呑氈，野幕夜孤眠。心存漢社稷，夢想回家鄉。歷盡難中難，心如鐵石堅，夜坐塞上，時聽胡笳，入耳心痛酸……」

多沉痛多有學問的歌曲呀！哪來的雞，哪來的麵，哪來的床，哪來的汗濕，哪來的籃子，哪來的胡椒？

恐怕誰也沒料到，小學時這種蘇武牧羊式的學唱方式，竟然幫助我把媽媽平日哼唱的歌謠，由耳朵直接灌入腦袋，先留下一道又一道深刻的音槽。

等事後發覺歌詞不對勁，自然會順著音槽溝紋去尋找正確字眼填充，如此學唱確實簡單多了。

5.

二〇一六年十一月十日黃昏，九十歲的媽媽拿一碗晚餐剩飯橫越門前道路，到對面水圳餵魚，免得那些野生魚群要度過飢寒的夜晚時，遭一輛逆向行駛的機車撞成重傷，送醫急救兩個小時後往生。

從此我們兄弟和所有孫子輩，再也聽不到老人家的歌聲，想念時只能像播放唱片那樣，唱針循著先前刻在各自腦袋裡的音槽溝紋去吟唱。

現代學校教育兼顧方言母語，孫子向我討教。我會利用陪他騎腳踏車遊逛鄉野時，邊騎邊把老人家生前經常哼唱的某些台語歌曲，經由我喉嚨重新播放。我唱一句，他學一句，練過幾遍，再反覆接龍。

像〈港都夜雨〉、〈舊情綿綿〉、〈孤女的願望〉、〈望春風〉、〈黃昏的故鄉〉、〈雨夜花〉、〈心事啥人知〉，以及那〈可憐戀花再會吧〉、〈河邊春夢〉、〈月夜愁〉、〈流浪的歌聲〉，攏總充當爺孫倆一路前行的腳踏車進行曲。

每逢騎車學唱時刻，我馬上回想起那個看不懂五線譜的高中生，當年如何夥同頑皮的同伴，利用剛從師大畢業的美女老師在公眾場合動輒臉紅害臊的弱點，刻意選在通學火車上當眾拉開「鴨公聲」唱起〈天倫歌〉，才換來及格分數。

這個音樂補考的高中生，幾十年之後竟然能夠將一些從媽媽口中聽來的歌謠往下傳承，連自己都覺得不可思議。我想了又想，除了長年耳濡目染，應該還得力於媽媽傳給我的某些基因吧！

——原載於二〇一九年八月四日《自由時報．副刊》

我的儲藏室

1.

過了四十歲，孩子一個個長大，住家自然變得狹窄。於是找朋友搭會，再向銀行貸款，換了獨門獨院的兩層樓房。其中最大的房間，拿來充當書房，總算了了一個書呆子的心願。

書房設三面書牆，朝西北方向那面牆，刻意緊靠著柱子砌了窄窄磚牆，而留下大半面開設落地窗。人坐書房裡，跟待在戶外那種清涼和爽的感覺，幾乎沒什麼兩樣。落地窗外栽種花木的院子，陽光和雨水在任何時間路過，從不忘記兜起圈子踏訪。更不用說那好奇的蝴蝶、蜜蜂、蜻蜓、小鳥、小蜥蜴、小貓咪，會輪番前來窺探。

背了幾年債務，讓一家人有個像模像樣的室內空間，讀書寫字畫畫，也在密集住宅區裡為昆蟲鳥雀與花木雜草們，提供小小的祕密基地。值得。

到書房的親友每每建議，書房門口理應掛個什麼齋、什麼閣、什麼居，或什麼室、什麼樓、什麼堂、什麼廬的懸牌，將更顯雅致。現在回想起來，懶人自有懶人的福氣，這個沒有牌銜的房間，經過三十年經營，堆積的書冊太多，不必我花費心思取名字，它已經成為名實相副的書籍「儲藏室」。

一個瞧在別人眼裡擁擠雜亂，卻又讓自己覺得空闊無比的天地，似乎沒有時間殺手容身之處。人在書房裡，往往不容易辨識白天夜晚，不容易辨識過去或未來。

2.

所有書籍，所有作者譯者，在室內或禪坐或側臥，或運功倒懸，或依牆佇立，或玩疊羅漢，或舉杯對飲，或獨自品茗，各有所好，一切隨興。

如果，聽到房間裡有人大剌剌高談闊論，對話的應該是施耐庵與花和尚魯智深，應該是莫言與趙甲，要不然就是馬奎斯和獨裁者面紅耳赤地爭辯。窩在角落輕聲細語交談的，可能是蒲松齡和史蒂芬·金，曹雪芹和紫式部，也許是太宰治和卡爾維諾。至於倦遊歸來的徐霞客和老殘，外加個聶魯達，則個個瞇著眼睛，持續在夢裡邁步踏青哩！

另一夥人，手裡握著筆開設紙上論壇，說什麼歷史不忍細看，談所謂的知識分子，還告訴你哲學的慰藉。眾聲喧譁之際，突然冒出個末代皇帝，細述他的前半生。

對近代往事追憶，最熱心最貼緊現代文青文壯和老學究的，則莫過於作家兼出版家隱地，他奮力睜開遮擋強光的眼瞼，把消失的「昨天」翻轉回來，從九〇年代一路翻回五〇年代。

老話說，人多嘴雜。不管任何姿勢任何言語任何腔調，全不礙交談或辯論。包括控制不了的自言自語，莫名所以的傷悲低泣，或嘿嘿嘿的傻笑；包括原本密友為爭寵而賣弄心機，原本仇敵為剷除異己而使出手段，一切都可能被寫進字裡行間。

有人認為，書讀太多容易食古不化，遇事瞻前顧後畏首畏尾，最後肯定變呆。而我，滿慶幸自己讀過的書很快忘掉大半，殘存的碎渣不過是回憶的餘燼，理當無此後遺症。

問題出在，人雖不算痴呆，偏偏又不夠聰明，才會一而再再而三，傻哩呱嘰地去買那麼多忘了看，或看了也很快忘記的書冊。唉，想為自己辯白不呆不笨，都難。

尤其犯傻，在陸續讀過那些大師寫東寫西說南道北之後，難免手癢跟著塗塗寫寫，奇奇喀喀自以為是地敲起電腦鍵盤。

你要是讀我寫的那幾本散文或小說，便不難明白我會盡量避免引用大師名言壯膽。原因無他，害怕呀！怕虛不受補，更怕因此袒露要害。一個人身穿開襠褲，總不宜擺出七爺八爺那種大身屘架勢去逛大街。

3.

我猜，任何書房書店圖書館，絕對是最多神仙鬼怪窩居藏匿的巢穴。通常神靈喜歡高高地站在人們頭頂，或是跨騎書頁頂端，垂下眼瞼瞇眼盯住你瞧；而鬼怪「魔神仔」那一幫，則喜歡躲在人的背後，或是裝訂書冊的夾縫，朝外探頭瞪大眼珠子。

小孩子怕鬼，偏又好奇地想看看鬼究竟長什麼怪模樣。我小時候，正值鄉下種田人嘴邊叨唸著「讀冊不能當飯吃」的年代，要找課外讀物循著文字圖畫去探險並非易事。唯一填補心中瞎想的辦法，便是每天放學回家把書包一丟，即鑽進鄉公所、鄉農會、民眾服務站，盯著工友屁股去翻找垃圾堆，撿回印有文字鬼和圖畫鬼的書報雜誌。

慶幸的是，經過多年戰亂後，時代迅速翻轉，人坐家中張眼瞧見的，除了戶口名簿、國民身分證、繳稅通知單、春牛圖、掛在牆壁的家庭必備良藥袋之外，朝窗口門外望出去，鄰家的門聯、電線桿上的標語或牆上貼的廣告，到處寫著密密麻麻的「謎語」，終於教只顧肚子要有米飯吃的眾人有所頓悟：確實需要讀點書識點字，始能解答人生許多困惑。

搭上這一波讀書識字似乎大有用處的浪潮，讓我一輩子不需奮力揮動鋤頭犁耙，只要坐在辦公室拿筆拿紙書寫，便能掙口飯吃。可天天動用紙筆，總有不認識的字，不懂得的詞，表達不出來的思緒，就不得不從別人寫的文章和書冊去嘗鮮品味，汲取養分。

我設書房的本意，類似廚房餐廳那樣，充當全家人得到溫飽滋養身體的倉儲，老老小小在任何時刻都可以靜下心看看報紙雜誌，看看書看看畫冊。

從沒想到書刊越堆越多，來過的親戚朋友私底下以為那是間儲藏室，是存放舊書廢紙的倉庫。平日約好客人，太太總不忘提醒：「可別帶人家進那個狗窩。」

某回，兩個寫作的朋友跑來書房聊天。落地窗外的院子裡，雨水不停地打在桂花和梔子花樹上，淅瀝淅瀝地吟唱。其中一人走到書房門口，抬頭望了望門楣，說我不妨把書房取個雅號叫「聽雨軒」。

另外一人歪著脖子盯著窗外，隨即接連搖頭說道，面對如此美景和天籟，若是用聽雨軒、觀瀑亭來命名，豈不是教人稍坐片刻便會想上廁所？

可見要幫書房取個合適名號，頗費心思。我何妨跟著鄉下人隨興為兒女或孫子輩安個乳名那般，順口又親暱。因為既然是乳名，什麼臭蛋、皮球、小石頭、椪柑、紅柿，皆無不可。環顧前後左右，再看看地面各個角落，書房若真要叫個貼心的名號，嘿，類似狗窩的「儲藏室」確屬上選。

尤其幾個孫子小時候，這狗窩曾是他們淌口水、閃尿、打盹、捉迷藏的遊樂場。還把書當磚頭，表演空手道；把一落落的書堆疊一塊兒，如同國王禦敵的城堡。

4.

近十來年，驚覺書冊氾濫成災，漫溢到二樓幾間臥房，連頂樓和室皆難倖免，到處躺臥著丟盔棄甲的散兵游勇。

有些書，初買時熬夜翻閱；也有些書，曾經讀過幾遍。而先買先讀的書，不管讀完與否，皆免不了被後到手的書冊排擠霸凌。

在書櫃不夠依序分類排排坐的情況下，書桌、茶几、搖椅和地面的竹篾蓆子，很快成為防空疏散區及難民收容所。還不時有街友結伴，過來打地鋪湊熱鬧。

於是原本熟識的老書冊逐漸被疏離，初次見面還來不及多聊兩句的，也被擋到一邊去。往往隔了些年，兜過幾個圈子，甚至效法大禹治水，滄海都快變成桑田才得敘舊，彼此只能尷尬地說句似曾相識。

滿臉皺紋外加老人斑的將軍，曾經考問我是否還認得他？我在腦子搜尋半天找不到答案，老將軍才面帶無奈地笑著告訴我，說自己叫廉頗。難得遇上的還有那個苦守寒窯的王寶釧，或時刻不忘擺出威嚴架式的老佛爺。

最常擦身而過的，當然是那幫穿著布鈕扣上衣和長衫的文人，包括老舍、魯迅、胡適、沈從文、周作人、姜貴，以及巴爾札克、普魯斯特、赫塞、卡夫卡、博爾赫斯、馬奎斯、略薩、川端康成、三島由紀夫那一大票西洋人和東洋人。

想看的書太多，又不能天天躲在儲藏室，實在恨不得自己是一具能夠任意走動的「雙腳書櫥」，隨時隨地有書可讀，隨時隨地更換藏書。

退休十幾年，我花很多時間到醫院做肩頸復健，即隨身背只棉布製作的「乞丐袋」充當行動書櫥，袋裡窩著新買的或閱讀中的書冊，以及紙筆連同腳踏車鑰匙等等。

把現代人背的「環保袋」叫「乞丐袋」，是有歷史依據的。早年，到我們鄉下行乞的，肩背手拎的便是類似布袋，湯匙碗筷和乞討來的銅板衣物飯糰，統統入袋。

5.

有些書買了又買，不是送人也非備份，肇因在一時遍尋不著，想讀它只能再掏錢買。也有是它們重新再版，換上整套新行頭，衣帽鞋襪全走樣，進而戴上頭盔護甲外加口罩，扮得像機器怪獸，教我無從辨識。

至於書的分類，所謂歷史、地理、文學、哲學、藝術、科幻、武俠、推理等諸多族群，如何圈畫不同聚落，在這兒是行不通的。因為書房主人欠缺專家學者素養。

書啊，想討主人歡心，不管外在姿色、內裡涵養，都得一等一。尤其對愛書人而言，後宮何止三千？要獲得寵幸，不致長期冷藏冰凍何其不易。

從前聽過鄉下長輩批評某人年輕時不務正業，到老當然一事無成，便說：「種什麼栽仔，結什麼果！」同時用它來作為因果報應的結語。不曾想到，自己竟然拿它當耳邊風吹拂。讀著寫著傷了頸椎，加上職場必須長期使用電腦，退休十幾年積習難改，導致肩頸痠痛。左右肩膀各有一條肌肉糾結成一顆酸檸檬，到醫院復健電療外加針灸，已列為必修功課。

這個在宅老人，自知體力視力大不如前，上課應酬能推拖就盡量少出門。但每周最少兩趟的肩頸復健，卻偷懶不得，乖乖在隨身背的「乞丐袋」裡塞本書和紙筆，自許是郊遊。

早些年，復健中的難友們雖然一大把年紀，仍不乏自備報刊雜誌或書籍作伴者，近兩年幾乎全由手機取代。除了手指無法動彈的難友，包括貼身攙扶和推輪椅的外勞，幾乎人手一機，個個低著頭瞇起眼睛，不停地以手指滑動那小小的鏡面。

四、五十名常客之中，大概只有兩人屬於另類。一個會從背包中掏出摺了又摺的報紙副刊，貼近眼前仔細閱讀，偶爾還邊看邊默唸，像嚼著花生米；另一個不滑手機的，便是愛看閒書的我。

這個嗜好，在我每回萌生出門念頭之際，窩居在儲藏室的宅男宅女宅老，不管散文、小說、劇本、雜誌，莫不爭先恐後地想跟著出去湊熱鬧。問題在，無論讓誰跟著去，我都必須以肩膀用「乞丐袋」背著。天候舒適時我棄車徒步，背那袋子來回走一個小時，夜裡躺上床，立刻感覺肩膀那兩顆檸檬滲漏酸液。

書太多讀不完，確實疲累。可一旦搜尋到手，彼此很快變成老友甚至像戀人。肩頸、眼睛再怎麼痠痛，聳聳肩揉揉眼，彷若償還上輩子欠的債，絲毫不怨嘆。

6.

我曾經在社區大學開過寫作班，學員到我書房瞧見課堂上介紹過的書籍，便搶著翻閱。結果有些原本說好短暫出境旅遊透透氣的書冊，就這麼長期移民而一去不回。

後來參觀某作家朋友書房，才發現他門口貼著「書籍恕不外借」字條，還強調效果不錯。我猶豫再三，最後還是不忍下此通告。

幾年過去，時空轉移，網路四通八達，閱讀電子書非常便捷，成為青少朋友新寵。或許再過一段時日，把顯得厚重笨拙甚或散布褐色斑，夾帶霉味的書冊，雙手捧到他們面前，人家都會嫌棄哩！

一位書蟲老友，近年來經常跑書店去把新書分批分次閱讀，未見購藏。我嘲笑他：「連愛書人都不買書，難怪出版社和書店不好經營。」

老朋友回說：「你我這一代愛看書愛買書的，退休都十幾二十年了，若不稍加盤算，豈不將老本坐吃山空？何況現在新書出得太密集，誰的口袋和視力體力跟得上？我不時散步到書店翻翻，算是運動兼解饞吧！」

我笑他完全忘了「時間就是金錢」這句話，經常出門跑來跑去要花掉很多看書的時間哩！他說，書房已經跟我的一樣，早被書刊雜誌堆成倉庫了，他這麼做是拿「時間去換取空間」。

我了解，事實不全如此。雖說兩人同樣遭遇書房爆滿困境，不得不有所節制，另一方面恐怕跟嗜賭及吸毒者類似，一旦得知喜歡的作家新書出版訊息，癮頭立即發作，誰都禁不住出去打打野食。

我住的城鎮有兩三家二手書店，許多值得一看再看的書，大都與我儲藏室裡那些是孿生兄弟或孿生姐妹。我每隔一陣子去探望它們，看到的總是一塊塊碑石那樣文風不動地僵立在同一個位置，用期待的眼神注視我。

想到它們無法像我儲藏室裡那些或躺或臥的兄弟姐妹，那麼自由自在過日子，曾經忍不住伸手抽出翻閱之後，刻意把它稍作遷移，好讓它的左右鄰居跟著有機會活動一下筋骨，但心裡多少覺得有虧於作為一個顧客的禮數。

如果電子書越來越風行，書店的書絕對越來越孤單。窩居我儲藏室的那些書冊，算是比較幸運的吧！至少我和兒孫輩，早已習慣把它們窩居的世界作為遊樂場，一切隨興。不管穿背心，打赤膊，跡近赤身裸體去翻閱，皆不礙眼也不礙事。

——原載於二〇一九年六月《皇冠雜誌》第七八四期

石頭庭院

1.

我喜歡石頭，對它們卻非常陌生。看在眼裡，差不多跟穿梭於日常街巷的人群一樣，每個人面貌體形差異不大，能夠認得的也就極其有限。

書房落地窗外的庭院裡，我種了一些花木。三十幾年前，布置這小小庭院時，將舊居移來的桂花，與朋友送的山櫻，分占頭尾。當中，間雜一棵氣勢凌人而被砍除的紫藤之外，還剩有梔子花和四季常青矮不及膝的柏樹，其他全是來來去去時有時無的各類盆栽及野草。

櫻花樹下那口淺水池塘，是拿河灘溪床抱回來的石頭所砌成。養魚場朋友教我，先放養吳郭魚、琵琶鼠，牠們生命力強，等池底長滿青苔，再送我十幾尾金魚。

兩三年過去，漂亮的金魚吸引鄰近大人小孩過來觀賞，更招來野貓、夜鷺輪番偷襲，只得把動作遲緩的金魚換成機伶敏捷的各色錦鯉。同時沿池塘四周，搭層網子。網子阻絕了野貓、夜鷺侵犯，卻也擋掉了人們觀賞興致。對於我每隔三四天必須蹲踞池邊，持塑膠管虹吸清理魚群排泄物的功課，更加費時費事。

硬撐了三十年，把自己年歲和腰桿膝蓋全撐老了。不久前終於狠下心，將錦鯉送到員山一座寺廟放生，然後讓整座池塘填上拇指般的銀灰色碎石，花草庭院則鋪滿純黑純白的米粒般細石。

猛然看去，幾分類似日本庭園的枯山水。從此減省清理魚池和拔草的工夫外，仍然維持庭園原有的清幽雅致。

人的一輩子，跟石頭的緣分若有似無，實際上一直存在。也許，這正是帶點自閉孤僻，肩膀又承擔不了重量的老人，樂於親近石頭的原因之一吧！

「你是石頭呀！」

大半輩子過去，已經數不清楚多少次被父母長輩、學校老師、班上同學、辦公室同事、男女朋友，還有擦身而過的開車司機、機車騎士，這麼調侃過。

做人不懂得通權達變，學不會八面玲瓏，很容易贏來硬石頭、憨石頭這個稱號。但對於歷經打赤腳走在石頭路的童年少年，對各式各樣的石頭卻相當友善。

高中時期班上有個帥哥，個子高、反應快，田徑和球類運動呱呱叫，只因為姓石，大家叫他「石頭仔」。不管誰叫喊，他立即應「有」！

在學期間，石頭仔家住蘇澳水泥廠附近，去過他家吃拜拜的朋友，都記得提醒石頭仔要離那水泥廠輸送帶越遠越好，免得與山上運下來的石頭一起捲進機器碾成粉末。高中畢業，石家搬往桃園，歷年辦同學會，總有人問起石頭仔來了沒？

其實，每當我撿到鑲嵌各色花紋或各式圖案的石頭，總要為它們族類叫屈。為什麼習慣被人踩在腳下？甚至被碾成粉末？只因為它們有足夠重量和分量嗎？有重量不是比輕飄飄的好？

石頭到處看得到，除了部分材質、色澤、形狀獨特的，確實很難分門別類去辨認，去討人歡喜。尤其它們大多鋪陳地面，有些還被掩藏深埋。

儘管人們在自己家中隨意或躺或坐或歪站斜立，可偶一出門，無論大官庶民則多少要講究點體態，擺個譜式。明明在街市無事閒逛，也要抬頭挺胸撐起肩頸腰桿，走起路來酷似戲台上的懸絲傀儡，搖呀擺的。

隨時提醒自己，一雙眼睛要教人瞧出目中無人的威嚴，切忌朝著地面看。當然就少有人能分辨出地上有哪顆石頭長得與眾不同了。

3.

有些石頭等於一座山，收納珍藏著奇峰、絕壁、懸崖、深谷。

我撿到一顆隨時握進掌心都覺得冰涼的石頭，它近乎半透明的澄黃，像玉一般。朋友說，它本該歸屬玉的族群。

我不懂岩石，不懂地層變動法則。這輩子，除了小時候曾經打赤腳上學，天天走呀跑呀全在石子路上，親近石頭。後來再讓柏油路面燙著腳底板好些年，等腳趾腳底長繭，才藉著粗劣材質的鞋底去隔絕地面熱氣。

而未被柏油泥土埋沒的石頭，很多時候跟人類同樣地無奈。例如遭紋身刻上某些歌功頌德字句，挺立路口像個攔路劫財的惡霸；例如被雕刻地名兼任指揮交通志工，卻來個糊塗蛋走錯路，竟不忘回頭罵髒話吐口水；例如鑿上某府某公或某媽名姓，形同殉葬的宮人，必須站在墳地任憑風吹雨打，寂寞地枯守個幾十年……

早年，它們最常扮演的是墊腳石，在淺澗流水中視同橋梁，在不平整的地面教桌椅櫥櫃不至於歪斜傾倒。

偶爾撿到躺臥花圃或路邊的小石頭，無論黑的、灰的、褐色或純白的。嘿，上頭竟然胡亂地塗寫著正看倒看都弄不懂的狂草，以及某些抽象圖案。耶，該不會是誰留下淚痕，或頑皮孩子應試時的小抄吧！

任何人都有他的故事。一隻鳥，一棵樹，一條街，一棟房子，皆有它的故事。那麼一顆石頭呢？石頭從不亂拋媚眼，從不搬弄是非，不爭風吃醋，不賣弄舞姿，不爭奇鬥艷。可一旦被從地面撿走，很快就有一段故事。

大多時候，它不得不與水泥一塊兒攪拌，灌進房屋地基，鋪填汙水下水道，興建高樓，搭架橋梁，從此得等幾十年甚至幾百年之後，才可望重見天日。人們對自己的遭遇，常怨嘆說是命運使然，石頭又該怎麼說呢？

4.

回憶自己童年、少年時期，經常從等待填補馬路的石頭堆，挑撿一種土黃色石頭充當粉筆，好在牆壁和走廊水泥地塗鴉。

這些石頭顏色酷似山地黃泥塊，理應是黃泥所擠壓凝結，誰摸它，它便幫誰手上臉上身上抹粉。

土黃色石頭質地輕脆，個頭袖珍且少有稜角，偷偷往口袋塞個兩三粒，秤不出什麼重量，在父母和老師面前也不至於穿幫。鄉下孩子愛它，像上學時接受晨間檢查的手帕、衛生紙那樣，隨時揣在口袋裡。

要是撿不到土黃色小石頭，那得等颱風吹颳過，去撿拾屋頂掉下的紅瓦碎片，挑些未長青苔的，也能拿它練習寫字和胡亂塗繪。麻煩是必須先將銳角磨鈍，免得刺穿口袋。

在某些機關學校、廟宇風景區，人們運來巨石豎立或躺臥地鑿刻訓誡經文或詩詞，希望過路人讀它，可惜大多數人都忽略它。只有小孩喜歡跑到石碑背後躲貓貓，若石碑躺臥在地，倒是方便走累了的人，把它當座椅歇歇腳。

石頭本身沒有腳丫，沒有爪子，沒有翅膀，沒有滑板跟滾輪。除開躺在海灘及部分河床的石頭，教浪濤水流推來滾去，充當玩具戲耍，其他不管是哪個遺址，哪處廢墟，石頭始終是最盡職的一群演員，一群沉默的證人，一群最忠實、始終不離不棄的觀眾和聽眾。

它們經常令我想起年輕時從書冊認識的那票朋友。特別是古希臘詩人荷馬介紹認識的那個薛西弗斯，聰明卻常有荒謬行徑，死後遭眾神懲罰，必須使盡力氣把一塊大石頭推上陡峭的山巔。當巨石一次又一次從山頂滾下來，他就得重新一次次往上推。一天又一天一年又一年，推上去又滾下來，滾下來又推上去。

看著薛西弗斯從不灰心喪志，耗時費事地重複同樣動作，使我這類動輒健忘的老年人，喜歡拿他作榜樣。

每天想起許多人許多事，馬上又忘掉許多人許多事的時刻，竟然不時安慰自己，不急不急，隔陣子說不定就想起來。

5.

關於石頭的故事，除了薛西弗斯，身為宜蘭人很容易便想到煉石補天的女媧娘娘。

宜蘭海邊一個叫大福村的地方，據說兩百年前遍地窟窿，過去幾代村人習慣稱自己家住「大窟底」。奇怪的是，清朝道光八年（西元一八二八年）五月間突然從外海漂來一尊神像，村人不知道來的究竟何方神聖，找到教漢學的先生朝神像底座檢視，才發現刻著「浙江女媧娘娘」六個字。原來女媧娘娘在上古時期修補完天空破洞後，長年閒著沒事，一百九十幾年前得知台灣有個村莊地面布滿大小坑洞，立刻渡海遠來捧了砂石逐一填補。

村人感謝這位煉製五色石補天的女媧娘娘，專程跨海來填補他們的家園，即集資興建一座「補天宮」供奉。補天宮經數度改建，如今不但占地寬廣廟舍宏偉，香火鼎盛不得不興建一座香客大樓，在大樓樓頂更豎立一尊高達十一點六一公尺的石雕神尊。

我姑媽姑丈一家人曾經在廟廣場對街開店，小時候常扯住阿嬤衣襟去姑媽家玩。因此我每回瞧著書房外的石頭，很快便聯想到女媧娘娘。

尤其心繫祂所煉成的三萬六千五百零一塊五色石，修補好天空大窟窿之後，多出來的那一塊五色石，究竟擱在哪兒？有人說它變成通靈寶玉，有人說早就變成了孫悟空。

小說寫孫悟空出生修煉場所是花果山。我庭院裡櫻花樹下，確實有塊間雜幾種顏色且長相古怪的大石頭，每年春天櫻花會開滿花結許多酸酸甜甜的果子。有花有果有石頭，全是大聖再熟悉不過的場景，才令我連翩美夢。最終逼迫我找到否定自己的答案是：這塊石頭畢竟小了些，肯定容不下齊天大聖。

大聖先生理應囚禁在更大更古怪的石頭裡。因為他分分秒秒不停地練功掙扎，想掙脫困住他的石頭牢籠，縱使原本外觀平滑的石頭，也會變成凹凸扭曲的醜怪模樣。

我持續到外面尋找。哈，剛學作文時常引用的「人海茫茫」，總不時映現。像我這個鄉下人一踏出家門，放眼望去，真的只剩人海茫茫四個字在眼瞳裡兜圈子。

每天黃昏散步，眼神不忘四處搜尋，希望能夠找到女媧娘娘煉石補天多出來的那塊五色石。

住家附近有高中和大學，以及一大片草坪。其間種有許多老樹，收藏幾塊石頭。被刻意閒置草坪裡那些個大個兒，是孩子們的最愛。他們以猜拳輸贏作為攀爬順序，輪番爬上頂端歡呼，然後賴皮一陣子再滑下來。

看孩子遊戲是頂快樂的事，但我的注意力卻常教其中一兩塊長得很醜，面貌「猙獰」的大石頭所吸引。

不清楚大聖先生什麼時候才能重新從石頭中蹦出來？反正已經等待很長一段時間了，我只好繼續等著。心裡不停地盤算，見了面要跟他講些什麼？

我想我應該據實以告，簡要地提醒他，這世代仍不乏妖魔鬼怪群聚，牠們像各種隱匿行蹤的病毒，一旦遭到起底現形，立刻又變幻出另一個模樣，人們迫切需要齊天大聖先生再度出馬，揮舞金箍棒斬妖除魔。

全世界大概只有孫悟空才治得了某些昏庸的民代與貪官汙吏，整治得了這個亂糟糟的時代。

我懷疑住家附近大草坪那塊醜怪巨石，是補天剩下的五色石。

6.

下雨天，不方便出門。庭院裡的石頭，尤其是被我框列一長路兼扛排水任務，一如鵪鶉蛋的黑色與白色石頭群，它們個個睜大眼睛，亮晶晶地四下張望。

它們不時地夥同整大灘細石子，好奇地把目光投注向我書房落地窗，打探我和家人正看什麼書冊？塗寫些什麼字畫？

又或許它們仍懷想著守舊的年代。期待我和家人捧著它們砌牆、鋪地、堆爐灶、鎮壓醬菜。懷想著小孫子會挑撿它們去打水漂漂、敲擊火花，拿它們當棋子對弈的那個年代。

睡覺淺眠，迫使自己很長一段歲月不曾飲用咖啡。在書房閱讀或寫作大多喝開水，勤快時改喝加了薑黃的優酪乳。最近，女兒楷拿了一罐鼠尾草籽送我摻進乳品，孫女小頡則教我不妨倒杯鮮奶加咖啡。這些被她們稱為「特調」的飲料，確實不賴。

只是每回看著庭院裡的石頭喝它，總令我想起一位擅長寫小說的文壇大師級前輩，教過一種我從未嘗試過的喝法。他說，往咖啡裡丟進一粒酸梅，滋味真的超級棒，令人文思泉湧。

手裡端著孩子教的特調，或想到小說家教的酸梅加咖啡，都不免挑起另一個古怪念頭——如果哪天我朝牛奶或咖啡裡放一兩粒小石頭，是不是同樣能夠激發靈感呢？

也許，喜歡讀小說寫小說的人有個共通點正是：時常忘掉自己是誰，而跟石頭一個樣，會長時間痴傻地坐在某個角落發呆。只剩下別人看不見的腦袋瓜裡，永不停歇地胡思亂想。

——原載於二〇二一年一月十八日《中國時報・人間副刊》

狗屎當洋糖——一甲子前的鄉下餐飲

一個人能把「狗屎當洋糖」，要去書寫品味食物的感覺，還真有點惶惑，怕汙衊了填進肚腹的食物，忘恩負義。好在定義珍饈美食，不但因人而異，也會受環境局限而有所不同。

一甲子前，宜蘭壯圍鄉下類似我們一家住著老小七八口人的，極為普遍。日常餐飲能端碗夾雜稗仔碎石屑的米飯，自然勝過餐餐拿地瓜籤稀飯餬口的日子。

桌上菜餚通常是：一盤煎豆腐、一盤菜脯煎蛋、兩盤水煮或用豬油炒的青菜，外加小碟花生米、小魚干、玉米粒，溪底摸來的蜆及自行加工的豆腐乳、酸菜或醬瓜。如果買來鹹魚，幾片薄薄的三層肉，那煎蛋往往換成一大碗粉嫩蒸蛋，看來分量增加，謎底則是前者要花三四顆蛋，改以粥湯攪拌蒸熟，至少省下一兩顆。

蛋是家裡飼養的雞鴨所生產，家人還是認為能省就省。若奢想每人分個滷蛋或一兩塊雞肉鴨肉，大概要等年節拜拜之後。

照說，絕大部分餐飲材料採自自家園子，多吃兩口何妨？可依家規，仍然得節制。只有孩童四處跑跳玩累了想找零嘴，才會跑回家翻菜櫥，撮幾粒花生，抓兩片醬瓜解饞，再順手喝瓢絲瓜湯。

實在沒東西偷，就朝田野奔去。平日菜園不許充當遊樂場，不許偷摘果菜，違者藤條伺候。唯有一樣不被約束，是剛採收過尚未重整的地瓜或蘿蔔園，形同已收割的稻田，誰都可以去掏寶。儘管挖到的僅僅是長得像老鼠尾巴，或一串草繩般的地瓜或紅蘿蔔，洗乾淨送進嘴裡，照舊無比鮮甜。

小學中年級開始帶便當，窮困的鄉下孩子，便當菜跟家中餐桌上沒什麼不同；可一進中學，和街市商家孩子同班上課，瞧見別人便當裡盛著排骨、雞腿，只好趕緊以盒蓋遮掩自己的菜餚，埋頭扒飯。

歷經這種年代，已養成除了怕辣怕吃肥肉之外，幾乎不太挑食。連家中領導每看到我吃相，都笑我——狗屎也能當洋糖。

其實，現代人油膩吃多了，中年過後容易百病叢生，醫師總規勸注意健康飲食。嘿，我們鄉下人早年那些餐飲，不正符合了簡省清淡嗎？

難怪我那穿弓鞋的小腳外婆，運動量有限，但老人家整整活到一百歲；小舅舅一輩子渾身鬧筋骨痠痛，也活了九十八歲。我母親九十歲遭一名年輕人騎機車撞擊當神仙之前，每天和我到宜蘭河堤防散步，邊走還邊講許多故事，眺望遠近風景，她什麼都看得清清楚楚，我根本離不開眼鏡。

回顧童年少年時期填飽肚子的寡淡飲食，忽地想起那樣餐飲歷程，對我後來學寫詩、寫散文寫小說，肯定產生很大助益！

你想嘛，一個狗屎也能當洋糖的人去看待寫作題材，通常只要寫得興起，有何不能入詩？有何不能鋪陳故事？文章一旦寫出趣味，誰又會去計較那遣辭用字是華麗或粗俗？那情節編排是嚴謹或浮躁？

——原載於二〇二一年一月三日《中華日報・副刊》

收錄於佛光大學《蘭陽飲食文學食單》

冷熱仙草

我不知道宜蘭鄉下人吃仙草源於哪個年代，只曉得一甲子前曾經在鄉公所廣場前擺了很多年攤車的阿永叔，冬天賣福肉茶、杏仁茶，夏天就會賣愛玉冰、仙草冰，其中以仙草冰最受歡迎。

阿永叔每年自動將攤車公休幾天，好騎著貨架插支宣傳旗子的腳踏車，繞行各個村莊敲響銅鑼，幫鄉公所催繳稅金，順便幫人們傳遞口信。因此很得人緣。

不少人問他，為什麼他的仙草冰比宜蘭街許多商家賣的好吃？他說，自己沒種仙草，也不從市場買，全都是專程去關西扛回來，再拌地瓜粉熬煮。

關西，咦，那應該是很遠很遠的地方呀！當時整個鄉下和沿海地區窮人，如果積欠太多債務被逼到走投無路，想脫身除了上吊、跳河，通常只剩兩條生路，一是「跑關西」，一是「走後山」。

讀書的孩子大概知道，「走後山」是指翻山越嶺搬往債主不容易找到的花蓮台東墾荒；至於「跑關西」，實在搞不清楚什麼地方。

阿永叔告訴我們，關西離宜蘭確實很遠，要繞台北、桃園，進入新竹層層疊疊深山內兜底。沿途必須輾轉搭火車、汽車、卡車、牛車，還需要走很長山路，彎來繞去才到得了。

小孩子總愛自作聰明，認為村人習慣把仙草叫田草，既然屬田間長的草，絕對不是什麼神仙種的。天底下所有青草野生野長非常草賤，隨便種都活，何必跑那麼遠，花那麼多錢去關西扛回來呀！

阿永叔搔搔腦袋苦笑說，關西位於深山林裡一處山窩仔，一年四季氣候不錯，而我們這裡常遇颱風又做大水，土質也與那裡山坡地不同。當地人告訴他，關西仙草種苗是客家老祖宗傳下來的，上百年未曾聽說有哪個地方生長的能跟他們評比哩！

儘管阿永叔判定宜蘭在地栽植仙草品質不及關西，仍有村人不信邪，試著在自家田園種植，無論什麼品種全長得很好。我們家追隨嘗試，任它們和野草一塊兒成長。

仙草模樣有點像老薄荷。老株過完夏季便準備開花結籽，然後等寒冬落葉，落葉前正是採收期。除了老株蔓生新枝，種籽掉落地面開春即萌芽長新苗，如此周而復始應合了春風吹又生的頑強生命力。但剛開始栽種者，往往貪快，總希望一暝大一寸，會用剪枝扦插或分株種它。

仙草枝叢低矮，採收辛苦，通常以整株拔起最為快速，有些根鬚難免黏帶部分泥土，一捆捆攤在秋天陽光下，彷彿一個個沒穿鞋襪腳趾骯髒的醉漢，橫躺地上。

有童伴不知道曬這些野草作何用途，我卻曉得它可以熬出好吃的仙草凍。每天朝它盯著看，竟然就開始想像它將成為亮晶晶的柔嫩仙草凍，盛在盤子端著，它總是很高興地笑到歪來歪去、渾身抖呀抖不停。

長大後，從某些小說讀到「花枝亂顫」這個詞句，我立刻理解它形容的是哪副模樣。聯想到仙草凍切成細塊在冰糖水裡浮沉，所散發出來清涼又甜蜜的滋味。且來回遊蕩於舌根與喉嚨之間。

當一把又一把青綠枝葉攤開曝曬期間，必須每隔一兩個小時幫它們翻個身，同時掃掉從根部鬆脫的泥土。每翻動一次，便瞧見葉片和枝條逐漸褪色枯萎，由青綠轉成茶褐色。嘿嘿，很快能夠熬仙草凍解饞了。

幾天大太陽曬下來，葉子變色而化身蝴蝶模樣或蜷曲成繭，大部分依舊巴住枝幹不鬆手。俟整株仙草失去水分，重量減輕大半，這時候不妨讓它們換個姿勢，將它倒豎呈尖頂帳篷繼續曬它，吊掛竹桿上由涼風吹它。

仙草尚未曬乾，好吃的小孩早已流掉一大碗口水。阿嬤卻說，新採收曬乾的仙草要先擱著，放越久越香。收藏方法是「束之高閣」，整捆整捆放置樓栱上。

鄉下磚瓦房屋頂下方，通常會釘一層半截式天花板，叫樓栱。這空間貼近瓦片底下，每當太陽在瓦楞上溜滑梯翻跟斗時，滲透熱度足以使整層樓栱變成大烤箱，仙草持續被烘烤除濕，不致長霉。隔個一兩年甚至三四年再拿下來煮湯熬凍，才是最頂級芳香、最濃稠好吃的點心。

仙草凍製作方法很簡單，只需花時間把曬乾存放的陳年莖葉熬汁過濾，勾兌地瓜粉或太白粉、洋菜，閒置冷卻便凝結成固體。要吃它，可持薄鐵片將塊狀仙草凍分切成骰子般大小，覆蓋剉冰，澆淋冰涼糖水，再擠點檸檬汁，立刻成鄉下人消暑袪火聖品。

早年不作興喝飲純汁液，一般只拿它燉煮仙草雞，這正是民間老少咸宜的滋補食品。煮仙草雞要先熬一鍋仙草汁液，然後再用它燉煮雞肉，兩道手續都必須花費大半天時間才能煮出好滋味。因此村人認為，單單熬草汁就滿耗時費事，每於大灶升火都會想到乾脆多熬一點，好與鄰居親友分享。

抓一兩斤曬乾的仙草，可以熬出一大鍋香味濃郁汁液，自家食用之外，足夠左鄰右舍或親朋戚友分享。分送後，愛吃冰仙草的，繼續加工做仙草凍；喜歡煮熱騰騰仙草雞養生者，從自家雞籠抓隻雞宰殺直接燉煮就成了。

前後幾天，至少有半個村子範圍，無論走到那兒，全會聞到細燉慢熬的仙草香味。

老一輩鄉親迷信吃什麼補什麼，吃腦補腦吃肝補肝，多沾醬油頭髮黑亮，啃紅蘿蔔吃番茄則氣色好，這道理曾經帶給村中女孩子對該不該吃仙草，產生偏好和困擾。

認為常吃仙草凍，皮膚肯定柔軟細嫩具彈性，且頭髮烏黑亮麗；卻也不免擔心，萬一貪嘴喝多了，皮膚色澤跟著黑不溜丟，該怎麼辦？

尤其當她們從電影裡看到非洲土著個個膚色黝黑，更是忌口。理由是非洲人世世代代生長在一望無際的大草原，隨時都能熬仙草汁解渴呀！

生活環境持續改變，人們對送進嘴裡的食物講究變化。仙草冰仍受歡迎外，更多人卻直接喝燒得滾燙，再添加糖分及香料的仙草汁液，名曰「燒仙草」。

剛開始，業者大多推個小攤車叫賣，近幾年已出現不少頗具規模的專賣店。他們和台灣各行各業一樣，非常懂得宣傳，一旦賣出口碑，每天開門營業即有老老小小大排長龍，生意興隆。

我鼻子不很靈光，每回經過燒仙草攤位或飲料店，雖未聞到獨特香味，但光看到那些招牌和花花綠綠的旗幟，就不免想起小時候，喝仙草冰消暑以及難得吃到仙草雞的情景。

我阿嬤上天做神仙之前，沒聽說燒仙草這種東西。活了一百歲的小腳外婆，曾被幾個外孫哄著品嘗，老人家只肯張開光禿的上下牙齦喝了一小口，咂咂舌頭之後，把頭搖得像青少年跳街舞，直說這燒仙草汁不如仙草凍，更擔心喝完整大杯濃稠汁液若忘了漱口，滿嘴巴全都黑嚕嗦嗦，才難看哩！

到我父親叔伯那一代，村人仍堅持吃仙草凍和仙草雞才算真正懂得吃。那年代，鄉下沒什麼人喝過燒仙草，總以為是年輕人耍弄花樣。所以，遇到某個人對任何食物飲料選擇沒什麼品味，或批評某人根本不懂吃喝之道，最簡明扼要的評語，就是——

實在有夠戇哩！哪有人戇到仙草吃燒的！

仙草於我，確實是舊友故交。冷與熱吃法各有不同，凝結成塊與濃稠汁液口味也不一樣，它們卻統統能夠用快樂甜蜜的回憶，居間聯繫了一個農家孩童、一個鄉村少年、一個都會青壯年，和一個隱居市郊老人的幾十年歲月。

如果阿嬤還在世，哼，她種的仙草說不定已經繁衍成非洲大草原哩！

——原載於二〇一八年七月十日《聯合報．副刊》

我的風火輪

現代人無論老小，都不用學騎腳踏車。而我小時候住的鄉下，一定要學會騎腳踏車，才能跟哪吒太子同一國，踩著風火輪四處玩耍。

不同以往的是，現在娃兒兩三歲就能擁有一輛形似腳踏車的玩具車，用腳踩踏或由大人幫忙推著前行，一路還會撥響鈴鐺和童謠歌曲，閃爍五彩燈光，引人注目。

等小人兒再大些些，騎上縮小版的兩輪腳踏車，果然駕輕就熟有模有樣，每天吵著要父母拆掉支撐後輪兩側的小小輔助輪。等兩個不讓車子歪斜倒地的小小輪子一拆，立刻變成脫韁野馬，跟大人騎腳踏車，沒什麼兩樣。

這一路騎來，可說是獨力自學，和他們父母叔伯學車過程完全不一樣，無須經過手腳瘀傷皮開肉綻磨練，甚至脫臼骨折的痛苦歷程。

在我八、九歲開始學騎腳踏車的年代，市面上僅有成人騎的高大粗重車型，根本缺乏適合婦孺騎乘的輕巧車種。對孩童而言，腳踏車坐墊與肩膀同高，怎麼跨都跨不上去，縱使一邊傍著台階把自己屁股安放坐墊上，兩隻腳丫模仿人家跳芭蕾那樣撐直了，勉強有一邊沾到踏板，另一邊仍舊懸空虛晃。換了邊還是一個樣，車子絲毫動彈不得。

最後只能使出怪招，以右臂腋下夾住牛皮坐墊，右腿從三角架中間，伸向外側去搆住車子右踏板，使勁奮力一蹬，抓住騰空瞬間，用左腿撐離地面踩住左踏板，兩條腿輪番猛踩，車子馬上往前竄出。

順當駕馭之前，腳踏車先是歪歪斜斜朝前行駛了幾步路，此刻車子若靠著身體這一側倒下來，自有身軀和左腿挺住；萬一它往右側歪斜傾倒，必須快速抽開手腳逃脫，摔壞車子固然心疼，卻比人車糾纏擠成一堆壓傷自己皮肉好得多。

跌倒了爬起來，只要人車無大礙，咬咬牙，複誦一遍「有志者事竟成」，一試再試之後，車輪滾動距離便越來越長。兩條腿輪番撐直奮力踩踏，嘿，果然像匹逐漸被馴服的野馬，吱吱咯咯地朝前奔去。

腳踏車被鄉下人稱作自轉車、自行車，多少與老一輩說話習慣夾雜日語有關聯。後來，腳踏車多了，大家流行叫它鐵馬。

這鐵馬馳騁範圍，先是少人車的鄉下路，接著是通往城鎮得與客運班車交會的公路，再就是市區街道。過程簡直和章回小說裡過關斬將的慘烈戰況沒什麼差別，從頭到腳尤其兩條腿處處青一塊紫一塊瘀傷，說它是學車代價，不如將這些疤痕視同戰功彪炳的勳章更為貼切。

學車初期這種稱作「鑽狗洞」的把戲，屁股並未挨到坐墊，嚴格地說不算騎車，可它卻是鄉下孩子自學騎腳踏車的不二法門。等這狗洞鑽得熟練，掌握住行車平衡訣竅，很快便能成為真正的腳踏車騎士，與哪吒太子一夥了。

我從小在鄉下長大，小學六年打赤腳走路上學，通行的公路先是石子路，大人小孩專門挑汽車、牛車經常輾過的車轍落腳，因為兩道被壓得扎實的路中小徑，走起來腳底板才不會遭竹籤朽木石屑等尖銳雜物刺傷。

早年公路狹窄，僅僅是現代單線車道寬度，外加細瘦的路側供牛隻行走。所以汽車像行駛在軌道上，車轍位置幾乎沒什麼變化，經公路局客運班車來回行駛一段日子，往往輾成兩條比路面低窪的小水溝，只能天天盼望卡車運來石子填補。

或許有人會問，小朋友上學放學走車道不危險嗎？呵，才不會哩！當年鄉下客運班車只在白天跑三兩趟，更何況大環境除了住戶飼養的家禽家畜嘰咕個幾聲，天地間安靜得可以聽見自己的呼吸聲。一旦有車輛來往，距離老遠就聽到引擎聲響，縱使小娃兒都能從容走避。

從小到老常學哪吒太子踩著風火輪四處跑。

交通安全宣傳，教人們靠路邊走，那是很多年之後的事。當時公路兩側全靠就地挖田土奠基，每天由農民和牛隻踩過來踩過去，加上路中央車道上的石子被輾壓而勻出部分，才慢慢現出路基模樣。但只要一場雨，有些地方照舊把行人腳丫陷入牛隻蹄印裡。

很多道路從田埂、小徑、手拉車路、牛車路，到由窄變寬的石子路、柏油路，必定走過好幾代人，層層疊疊好幾代人腳印。小時候的經歷，令我感受到無論什麼路況，用來走路或騎腳踏車代步皆非常迷人。

住進市區以後，像我這樣每天喜歡踩個把鐘頭腳踏車的人，不多。許多朋友早成為機車騎士，卻不懂如何騎腳踏車，據以開脫的理由是——時代已經邁向數位化，騎鐵馬肯定跟不上時代，如果養不起汽車改騎機車，說不定還能抓住時代尾巴。

其實，遠在腳踏車尚未普及的年代，我們在小學中學作文簿裡便懂得寫下「時代巨輪，持續朝前滾動，人們若不加緊腳步，就會落伍」這樣的字句。兒少時期所想像的巨輪，並非坦克車也不是載阿兵哥的十輪大卡車。

有好多年，大家心底想的正是腳踏車。與哪吒太子腳下風火輪近似的鐵馬。

——原載二〇一八年二月二十日《聯合報．副刊》

東張西望

腦門底下那雙眼睛，天生一對怨偶，一輩子始終各自躲得老遠，誰也不朝誰看。

若是你放馬過來，我就瞟向一邊去；有誰忍不住偷瞄，對方即刻警覺地避開。寧可老死不相往來，絕不隨便弄成兩隻張牙舞爪的鬥雞。這規矩，似乎早已約定，鮮少例外。

如此必要的閃躲，無論有意無意，可教人明白彼此存著默契，要過得開心只能攜手向左看、向右看，向前看、向遠看，讓視界更清明、更開闊。

回想小時候生長的鄉下，孩子少見世面，大多怕生。必須面對陌生人時，總是低頭絞擰衣襟和手指頭，好像剛做錯事闖了禍，哪敢正眼張望。

所以大人不忘教導孩子，與他人打照面或應答，眼睛應該直視對方，這才符合禮貌。視線能夠與別人視線交會，形同野台戲裡「放劍光」，你來我往，彼此交手方能擦撞出火花，便於培養足夠的膽量，好跟隨著滿肚子好奇心去擴展視野，看人看世界。

而人們的眼睛回復到孩童時期最純真、最呆痴、最傻愣時刻，通常就在對準照相機鏡頭被拍照那瞬間。

過去僅有極少數人擁有照相機攝影機，絕大多數人幾乎沒什麼機會上鏡頭。一旦必須盯著形狀古怪的機器，還得正經八百地擺出殭屍般體態，任何人都會渾身不自在。直到略微懂得那些機器，才逐漸適應任由那快門捕捉影像的感受。

但在諸多被拍照場合，面對不只一具相機，而是田單的火牛陣勢，眾多鏡頭彷彿口徑大小、長短不一的機槍火炮，或左或右或高或低地包抄瞄準，一時真是難以招架。尤其當那兵荒馬亂關口，每個準備按快門的人競相提高嗓門催促：「看這裡，請看這裡！」「笑一笑，請笑一笑！」更教被拍照者昏頭轉向，陷入迷魂陣，非但不知道眼睛該朝哪兒瞧，嘴巴該張該合，連平日裡動作靈活使喚便利的兩條手臂，此刻竟然變得礙事，無處擺放。

於是開始有人鼓吹，伸出大拇哥喊一級棒，或豎起兩根指頭比個YA，模仿孩童玩一二三木頭人遊戲的架勢。裝模作樣地比畫比畫，充充場面。

如果獨自一人迎向幾個鏡頭，兩隻眼睛實在無所適從；倘若一群人合照，身邊的家人、同事、老友或臨時湊合的陌生人，也只能各自安生，隨便選個鏡頭入鏡。

事後拿到手的照片，更不難發現大夥人像模像樣地肩並肩排排站或排排坐，看似親密卻人人各自尋思。或兩隻眼睛一左一右，或將視線朝著鏡頭外傻笑，或嘴角歪斜眼神飄忽，甚至寧可閉上眼瞼，不讓對方有機可乘。

還有人擠眉弄眼學神案前的乩童起乩，有人則齜牙咧嘴專程來討債。更多是目光呆滯地豎起大拇指，伸出食指和中指的，大概是挨了定身法，遭受符咒枷鎖牢牢鎮住。

被拍攝對象若是年長者，通常比較沉穩。但要他們左一個看這邊，右一個看這邊的結果，把費力睜開的老花眼該怎麼定位，全弄糊塗了。呈現影像裡的神情，散發著迷茫，老人家原本具備的那份精明老練，統統出了竅。

要是讓寫作者找個貼近的形容詞句，肯定會說，無論年長年幼在眾多鏡頭前，人人魂飛魄散。

這正應合早年老祖宗個個害怕照相的原因——在洋機器撳下快門那一剎那，魂魄即被勾走了，想多唸兩句阿彌陀佛都來不及。

眼睛又叫靈魂之窗，利於審視眾生萬物，也便於別人窺探自己內裡。衡量一個人有沒有眼光、有沒有遠見，說的正是藉由臉上那對小小窗口，所延伸流露的光采具多少分量。

現代人生活層面寬廣，眼睛很容易遇上教人魂飛魄散的場合，尤其有大官員駕臨攪和其間，全部鏡頭即像逐臭的蒼蠅般攏過來攏過去，讓人眼花撩亂，不曉得該看哪兒。

在影視新聞畫面中，不難見到的影像，正是那官員緊緊握住站在面前那某甲的手上下抖動，但整副笑臉瞄準的對象，同時流露出關愛注視的眼神，卻是站在某甲旁邊的某乙。直截地呈現了人性真實或虛假的畫面，儼然一齣扮演中的官場現形記，活靈活現。

很多人自以為有學問且見多識廣，動輒嘲諷他人只顧眼前。其實眼前明明無比開闊，大多時候根本無須東張西望即可一目了然。

這回也終於教人明白，腦門底下那雙睜開的眼睛，似乎從來都不懂什麼叫祕密。

——原載於二〇一七年十二月十七日《自由時報・副刊》

宅老的日常

1.

從懵懵懂懂的小把戲，到力爭上游的大漢囡仔，一路跌跌撞撞，走了很多坎坷路徑，總算順當了，以為能夠歇歇腳，自由自在地鬆口氣。

未料，轉眼即被增長的年歲發配成「老廢仔」這一夥。

幸好現代人大多長壽，避開炎陽喧囂的大熱天，利用早晨和黃昏時刻出門，到公園校園鬆弛筋骨的在宅老人，四處得見。多數人視力退化視野減縮，林蔭步道上難免你看我我看你，可惜誰也認不出對方。迎面瞧見，不是戴副耳機邊走邊聽老歌，便是不停囁嚅嘴唇哼著曲子或各自叨唸的，又或者乾脆戴頂漁夫帽再加口罩搗住臉孔。猜他是誰，都無妨。

人上了年紀，常有不自主的言行，像夢囈像夢遊。友朋輩、兒孫輩已不覺礙眼，都說瞭解就好。

林蔭下，飛舞著太陽撒下的細碎金箔。打遠處走來的人，不少是獨自一人，或三兩同夥，擦身而過那一瞬間，嘿，竟然出現熟面孔微笑點頭。只是怎麼搜尋腦袋瓜裡堆疊的名冊，就是無法確定是記錄在哪一頁的哪位老朋友。今天想不起來，下次再遇上照舊想不起來，只能繼續相互點頭微笑。

比較幸運時，隔個幾天翻開書冊或抬頭看見商家招牌上某個字，勾串聯想，終於「啊──」了一聲：那是早年當過國小校長的誰誰誰呀！那是在縣政府文化局打工的某某，他太太還在市場擺過鮮魚攤呀！

找到名姓，偏偏不見得能再遇上對方；若是隔段長時間之後偶遇，一時仍須焐個半天腦袋，才能孵出這個曾經想起名姓的人應該是誰。

往事多而密集，糾糾纏纏，被壓在底層者數不勝數。想抽拿任何片段回憶嘲弄一個老廢仔，並不容易。

2.

藉著黃昏散步，我會去已經宣告即將停止營業的二手書店挑本書，從附近超市背回一罐奶粉或一箱麥片，往藥房領回減緩手指痠麻、小腿抖動的維他命B12，以及治療高血脂的藥，或去水果攤挑些水果帶回家。

數來數去全屬日常盤算——運動兼做點事。偶爾會覺得辛苦，甚至懊惱，乃在出發時忽略該有的準備工夫。咦，腳下穿著拖鞋，怎麼進人家辦公室呢？咦，門鑰匙沒在口袋，好像忘了拔哩！咦，換衣褲，皮夾竟然漏掉，口袋空空能辦什麼事呢？咦，手上只拿存摺，沒印章怎麼領錢？咦，光帶存摺印章還得要備口罩，沒口罩郵局可不給進啊！

這種事經常重複搬演，總在人已經離巷口老遠，腦筋才開始靈活運作。連帶使我住的巷道受到拖累，平白增加被踩回來踩出去的次數。

要是無所事事，允許忘掉這個忘掉那個的日子，正好讓腦袋暫時公休，腳步便自然地拐向宜蘭大學校園去兜圈子。這所大學前身是農林學校，地廣林木多。

鄰居路過，看我進出頻繁，問我常到學校找誰聊天？我唬弄說，去補修學分。主要課程，是重溫校園步道兩旁樹木掛在褲腰上的名牌。這幾棵叫青剛櫟，那幾棵叫光蠟樹，還有艷紫荊、櫸樹、水柳、無患子、桃花心木、菩提樹、紅楠、小葉欖仁、赤楊、雀榕、印度紫檀、楓香、大葉合歡、鐵刀木、馬拉巴栗、黑板樹、烏桕……

對植物的辨識能力一向低劣，記性又差。儘管翻閱無數遍《野外求生植物選介》、《台灣的特用植物》、《台灣的稀有植物》、《台灣水土保持適生植物》、《自然圖鑑》、《觀賞植物學》等諸多圖文俱呈的書冊，結果，每次得趨近確認，學那西洋人日常禮儀，貼近彼此或摟抱一下，感受對方的呼吸心跳。

此刻，耳朵裡還響起小時候老師叮嚀的：「要勤加溫習，才不會把讀進腦袋瓜裡的，統統又還給課本。」

因此，每當我視線順著樹幹上名牌，模仿蜥蜴那樣爬上樹冠，盯住枝葉花朵的姿容時，天空會透過大大小小間隙，拿戲謔甚至不屑的眼神瞧著樹下的老呆瓜，究竟要花多少工夫記下這棵樹的特徵。

3.

老人記性差，偏又愛去搜尋過去。真弄不清楚如此作為，可否減緩記憶流失的速度？或是堵住一些漏洞？

近年來穿著隨便，常回想的是渾身衣褲露出裂縫破洞，必須一再縫上補釘的年代。那麼顯眼的穿著，係早年鄉下窮人普遍標記，幾乎等同與生俱來的胎記，會跟隨你走在路上，坐進教室，跑到操場，擠在戲棚腳。更像把臭耳仔、憨呆、番公、土龜……，那些個乳名或綽號，隨時寫在臉上。

半個世紀前，鄉下孩子能夠讀完中學的不多。但只要讀過書的老老小小都喜歡說，二十世紀是我們的世紀。從不曾想每一天所見所聞，仍然脫不開新舊並呈，老少不分的曖昧。目前絕大多數年輕人，必須穿褪色破損且顯得老舊的衣褲，才算攀上「流行」。令我這輩老廢仔盤點過往年代，呵呵，不就符合曾經反覆唱它的：「時代在考驗著我們，我們在創造時代。」

當然不乏過去少有，新近才流行的全新戲碼。尤其，我退休十幾年來，較有足夠時間和耐性，去接聽手機及書房電話。其中「中央健保署」每隔兩三個禮拜總不忘提醒我：您的健保卡經電腦判定，有違規使用情形；「中華電信公司」也一再通知，電話費逾期尚未繳納。在那些字正腔圓的錄音電話中，最後還不忘親切地重複提醒——如有疑問請撥九，如有疑問請撥九，由客服人員為您服務。

輪番出擊的，還有手機連續響好一陣子，一旦上手接聽，對方立刻一聲不吭地掛斷。檢視來電號碼，有點眼熟，哦，也許對方發現按錯鍵找錯人了。結果是，隔沒幾天又老戲重演，響過一串鈴聲，一接聽即掛斷。

有時忍不住想回撥探個究竟。朋友提醒，千萬使不得，一旦回撥，每通電話恐怕要付出幾百塊錢費用；另有朋友解釋，那是刺探這手機號碼是否空號，既然有人接聽，哈，對方馬上把這組號碼賣掉。

賣掉？對，他只要弄到一大批實際用戶號碼，便可以賣給促銷房屋及車輛貸款的、賣給炒作股票的、賣給詐騙集團、賣給專門拉皮條介紹風騷辣妹的。於是，天天都少不了陌生人來電關切。

4.

日子不經意地過著過著，常有專家學者在報紙或電視好心教人一些撇步。說任何人上了六十歲，想保住健康的身體和愉快心境，就不要去想自己已經多少歲，不要去過生日，更不要太在意錢賺多賺少。窮人富豪，同樣浮蕩在歲月的巨流河裡，同樣被日子狠狠地往前推啊擠呀，毫不例外。

老祖宗說過：「長江後浪推前浪！」諸多事由不得自己。停住腳不往前奔馳，恐怕很快即遭後浪襲捲，躲都躲不掉。如果碰上海水倒灌，前後夾攻，肯定遭汙濁泥流淹沒滅頂。

今天幾月幾日？星期幾？老問題照說掀不起什麼新奇答案，不煩也罷。連現代人流行設定密碼帳戶，儲存財富或不可告人的祕密，皆非萬無一失。因為每個人身上都積存一堆密碼，隨時可能攪渾或遺忘。

該排隊買口罩，該排隊買三倍券，再無奈也只好乖乖排隊。雖說「一寸光陰一寸金，寸金難買寸光陰」，任誰遇到口罩遇到三倍券，時間根本就不值錢。其他該納稅，該付貸款，該繳電話費，該繳信用卡款項……，既然逃也逃不掉，不妨安排自動扣繳。今天究竟幾月幾日？星期幾？弄錯也不必緊張。

少了催促，少了鞭策，甚至可以刪除某些不切實際的幻想。像戲台被拆，生旦淨末丑全卸了妝，戲立刻散了。不管誰持續學樣，在鼻心塗塊白粉圈圈，誰在額頭畫個大大的王字，在腮幫下巴頦抹上黑炭，似乎也變不出什麼花樣。

人活著，很多時候不過是演齣戲，哀怨情愁，嬉笑怒罵，暴跳如雷，下了台又如何？

目睹遍野的菅芒和遍地野菊，心情若能跟著海潮般進退，明白那是年歲該有的樣貌，也就釋然。

5.

現世代年輕人，無論貧富，日子縱使不好過，絕對過得比自己應該擁有的歲月快速許多。

你想嘛，每個年輕人只需伸出一根指頭，朝光溜晶亮的面板滑來滑去，要滑過幾個時辰，滑走幾個晨昏，甚至滑掉整串青春歲月，根本不費勁。

換成我這種老廢仔，每天曾經走多少路，曾經翻閱幾本書，寫下多少字？手指頭扳來扳去，冒出來的數目字，往往只是簡單幾個而已。勉強算消磨時間吧！沒法子跟年輕人比。

好不容易有心情坐下來看電視，從影片台挑支電影，大半片名似曾相識。姑且欣賞，進而持續睜開眼睛耐心欣賞，等播映過大半，果然發現不太對勁。繼續往下確認，嘿，真的看過吔！只是怎麼想也想不起來劇情將如何收尾。

老人過日子，電視裡永遠有看不完的影片，手邊永遠有讀不完的書。除了數量多寡，最大關鍵乃在於自身擁有的記憶容量。在不曉得幾MB幾GB幾TB的記憶體裡，看過讀過跟沒看過沒讀過，全都布滿水珠般霉點，淺褐色霉斑噴灑在螢幕和書頁上，讓熟悉或陌生的影像、字句，跳躍在星空式的花圃，不必痴心也不用狂癲。

6.

離開職場之後，我每天照舊穿著已經穿過十幾二十年，褪了些許顏色，尚未磨出破綻的衣褲，走上任何路面都覺得自己踩在紅磚道或石頭路。走在任何街道旁，仍覺得是在樹林裡閒逛。

不管懶散或頂真地過著每一天，撐持掌控的明明是自己想過的日子，有時卻發覺渾身上下念想行事，彷彿是某些人提供的翻版。人啊！怎不懊惱？

上了年紀，往往不自覺地像塊烈火燒烤過的滾燙鐵板，誰踢到肯定皮肉焦糊；可大多時候，卻是根才冰凍過的棍棒，誰也不想觸碰。影視劇作放映的全是小子難纏，其實老廢仔一旦蠻橫不講理，才真不好哄騙！

面對一波波新奇的浪潮迎面而來，不少朋友選擇明哲保身，都說人老了哪有氣力去迎戰，還是閃避逃脫比較容易。萬萬沒想到，很多回合卻無處可逃。東南西北，飛天鑽地，始終找不著哪兒有透出亮光的隙縫，哪兒有個舒適溫暖的窟窿。

於是，車來車往，人來人去當中，有這麼一個在宅老人，刻意把路途中耳聞目睹統統蒐集撿拾，設法變成書寫中的故事章節。偶爾，還想鋪陳在速寫本上，假裝是漫畫裡的飛禽走獸。

一個沉迷於寫作的人，在電腦硬碟能夠幫人類暫存記憶的海馬迴代勞之前，我們根本數不清有多少未竟之作，更無從展現什麼樣局面。只好不停地寫，不停地丟棄，試圖拿寫作充當一個打開的窗口，去看他方世界，好讓別人看到自己。

至少，教那天空、雲朵、飛鳥、陽光、雨水、閃電，知道有這麼一個打開窗扇的進出口，而不是陷阱或黑乎乎的洞穴。

大部分時間已經無法與日常生活區隔。喝杯溫水，喝杯淡茶，調一杯攙了薑黃粉的優酪乳或鮮奶，便能任時間遊走於每個細胞和毛孔之間，遊走於順手撿來書寫的紙張上面。

7.

七十歲以後出版的幾本書，包括聯經《坐罐仔的人》和九歌《三角潭的水鬼》、《山海都到面前來》、《腳踏車與糖煮魚》等，在近兩年來就有好幾篇文稿，被選錄、節錄於港台兩地的中學國文課本，及國文習作題庫。

照說一個人長年寫作，年輕時總有幾篇文稿被國立編譯館等單位，收錄到《國文教師手冊》和其他教材中，並不稀奇，如今年歲增長，感受應該沒什麼不同。可這回偏偏有點異樣。

特別不同是，原本只是一個在宅老人自言自語地嘮叨印成的白紙黑字，竟然還有機會與年輕的孫子輩一起坐進教室、趴上書桌、擠在書包仔細攀談，這個老廢仔理當可以祛除大半頹廢心境，掀開頭頂遮陽帽和肩上披風，讓它不是「廢」而是「發」。意氣風發的發。

於是，空氣清新了，陽光明亮了，視線推遠了，心情爽朗了！

環顧周邊林木，嘻嘻，禁不住想考問它們，此刻，那個「老廢仔」跑到哪兒躲貓貓？

——原載於二〇二〇年十二月十一日《聯合報·副刊》

公雞啼小鳥叫

孫子翔翔從小對音樂聲響非常敏感，滿周歲就擁有一支玩具麥克風，讓他咿咿呀呀地高唱兒歌。每次從新竹回宜蘭，手裡抱著一條睡覺纏裹的浴巾外，更忘不掉這支隨身寶貝。

二〇〇六年四月某一天，小歌手把我從書房拉到客廳沙發椅上，說要跟爺爺一起唱歌。問他想唱哪首歌？他眨了眨眼睛，告訴我唱公雞啼小鳥叫，因為爺爺像大公雞，他像隻小小鳥。

於是爺孫倆高高興興地張開嘴巴，輪番唱了好多遍：「公雞啼，小鳥叫，太陽出來了，太陽在空中，對我微微笑。他笑我年紀小，又笑我志氣高，年紀小，志氣高，將來作個大英豪！」

唱著唱著，我突然覺得自己不但是老公雞，更是一隻快樂的小小鳥。而今十幾年過去，翔翔馬上是高中生了，我看到這張老照片，心裡依舊像小小鳥那般開心！

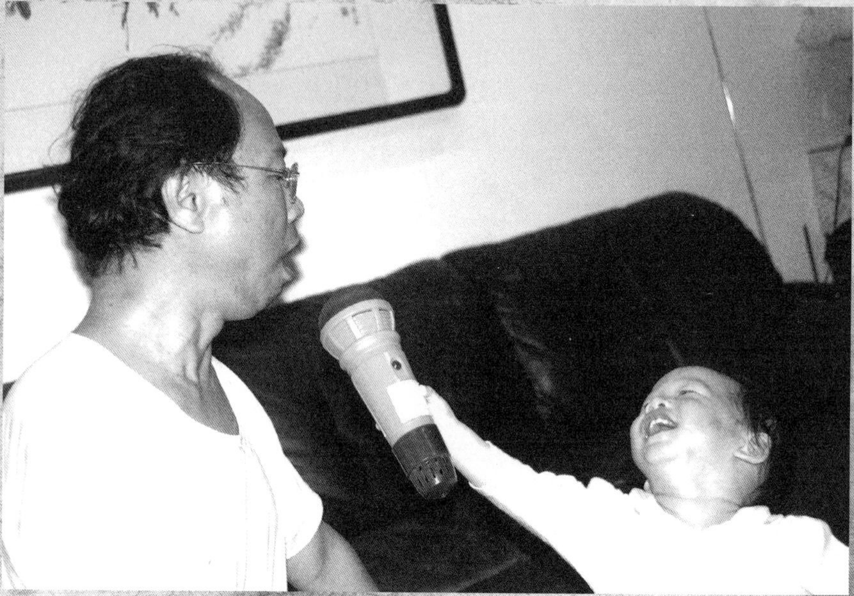

祖孫合唱公雞啼小鳥叫。

——原載於二〇二〇年十月二十三日文訊雜誌社《當作家變成阿公阿嬤》特刊

腳步

趴在傳統中醫門診的醫療床上，我必須渾身上下脫得僅剩一條短褲頭。

醫師在我頭頂和肩頸部位，扎了十幾針，治療我失眠、肩頸痠痛。接著腰部背後和屁股，以及左腿、左腳掌外側，繼續被扎十幾針，治療我左腳前掌經常擦撞地面的毛病。

針灸的針極細，插進皮肉比一般針藥注射的疼痛感要輕，頂多像蚊子螫到。但其中四五針，醫師刻意捻轉針柄，使插進皮肉的針尖打轉轉，這可是相當痠痛。

尤其左大腿根部那半邊屁股中間，有個稱作「環跳穴」那一針，特別痠痛之外，還會竄出一道閃電，「咻——」地一劍，把痠麻直貫腳底腳趾。說是治療我左腳機能逐漸退化症狀。

醫師將我裝扮成刺蝟之後，再拉出醫療床頭「經皮神經電刺激器」，用連接線夾住我腰部與左小腿側面的兩根針，開啟電源鼓弄它們，一波又一波就地跳起踢踏舞。邊跳邊「磕、磕、磕……」地嘮叨個不停，磕了整整一刻鐘，至療程結束才有護理師前來搭救。

等我穿好衣服鞋襪，拉開圍住診療床周邊的布簾，經常會瞧見靠近門口的座椅上，端坐著兩三隻剛被醫師在頭頂各扎了一小撮銀針的孔雀，未見開屏，只能按照他們衣著服飾，去辨識其雌雄。

每次回診，醫師都會關心症狀有無改善？我據實相告，睡眠和肩頸部分仍屬老樣子。自己打年輕即睡不安穩，失眠形同一門必修功課；至於肩頸痠痛，理當是三十幾年職場書寫及長期使用電腦加總留下的後遺症。我心底明白，要根除這些長年累月積存的痼疾，需要耐性跟時間。

那麼左腳的情況呢？醫師問。我說，左腳的確有很大進步，腳掌擦撞地面次數已明顯減少。

未接受治療之前，我依循多年來習慣趿著拖鞋在家裡走動，發現左腳前掌老是擦撞地板，好像踢到突出物，很容易使身體失去重心往前斜衝，仿傚特戰部隊突擊兵準備撲地匍匐前進的架勢。太太以為問題癥結在拖鞋設計不良，勸我換雙拖鞋。

其實我心裡有數，搞怪的主謀是自己的左腿。近幾個月來，我不單在家穿拖鞋突槌，換穿任何一雙涼鞋、休閒鞋或皮鞋出門，擦撞地面的情形並無例外。彷彿回到頑童時期一面趕路上學，一面忙著踢石子戲耍的日子。

住家附近，早就沒了土石子鋪設的道路。日常前往市場、醫院、學校、書店及圖書館，路面各有寬窄，但皆平坦毫無起伏，左腳前掌卻照樣殷勤叩訪，想那路面面對如此頑冥不靈的腳掌踐踏，肯定覺得非常委屈。

所以我告訴醫師，從小到老幾十年歲月，走過那麼多城鎮道路，萬萬沒料到得等年過古稀，才真正體會小學老師教的「地球是圓的」這個事實。所以抬不高的左腳底板，才會天天去撩撥這顆球體。

自己從小腳步一向邁得輕快，出外旅遊每每像隻領頭羊，常被誤認是導遊或領隊。兩度登長城八達嶺，往南嶺北嶺我都赤腳上陣。受邀講課，如果附帶戶外走訪課程，不但中年朋友跟不上我腳步，一路氣喘吁吁，連十幾二十歲的小夥子，也瞠乎其後。

直到近兩年，突然發現他們已經與我比肩齊步，沒多久更有小夥子搶在我前頭，邊倒退走邊向我提問。

實地訪察課程並非賽跑，只要講課內容大家聽得到，誰走快誰走慢，誰領先誰殿後，無傷大雅。可人長兩隻腳，左右交替跨步均衡才走得穩當，而今既然發現自己左腳老想偷懶摸魚，把地板視同仇家，是該趁早求醫！

何況現在的醫師極有涵養，儘管患者已坐滿整間候診室，醫師總是頗具耐心地聽取每個患者輪番訴苦，像個愛聽故事的孩童，聽我指控左腳的種種忤逆背叛。希望從中搜尋病痛肇因，以利診治。

畢竟每個人渾身上下，藏著太多謎團。有多少？自己都無從揣測或精準描述。如果醫師能讓患者吐吐苦水，或許更有助於減輕病痛，抒發鬱悶。

宜蘭鄉下人常說，人過七十，每次生日等於增添了好幾歲。這話絲毫不誇張，大概只有病痛纏身者，才覺得日子漫長難過。我不抽菸喝酒，喝茶喝咖啡都很節制，退休十多年也盡量過著平順日子，實在弄不清楚為何老來走起路，竟然模仿神壇乩童起乩，歪來扭去。

某些時候走路走得生氣了，不免異想天開，提醒自己下回記得帶上《水滸傳》，向「神行太保」戴宗借兩個「甲馬」紙符，拴在腿上，教雙腿如同長了翅膀，而能夠日行五百里；如果他肯將四個「甲馬」紙符全數出借，我一天就可飛快地走上八百里。

我和大多數人一樣，不懂宋朝的「里」要如何按現今尺度去換算，但那日行五百里或八百里，速度之快絕對無人能及，否則戴宗「神行太保」封號，恐怕早被評點腰斬

《水滸傳》的金聖嘆給塗銷了。

哈哈，一旦我這個在宅老人夢想成真，只要邁開腳步走出門，看誰敢再倒退走路跟我交談？

我想，任何人身上有病痛，除了求醫服藥，像這樣偶爾做做白日夢，應該算自我療癒的一種辦法吧！

——原載於二〇一九年八月《文訊》第四〇六期

第二輯

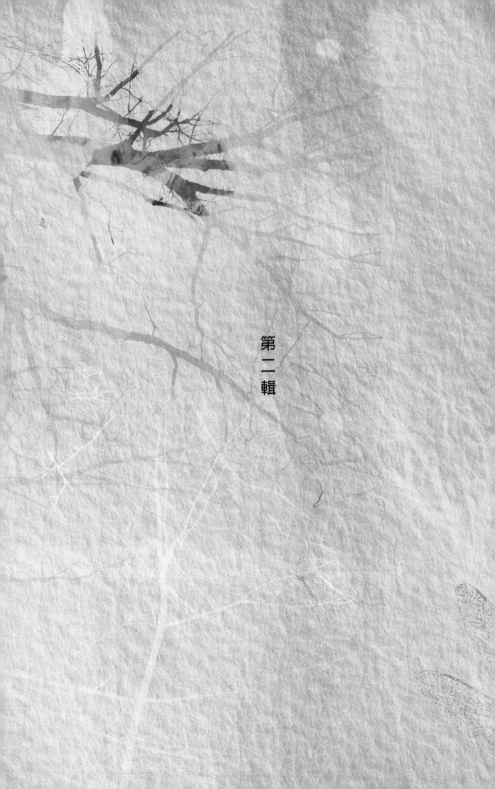

尋夢鄉野

1.

上了年紀，記性大多不好。能夠想到也記得清楚的，諸多是童年往事，外加一些成長過程。耶，這大概就是人類企圖返老還童的徵兆吧！

半個世紀前，辦妥婚宴離開壯圍鄉下，定居宜蘭市區東郊延平里。除了門牌算市區，依舊屬鄉野地帶。十來坪磚牆平頂房子，由幾個當泥水師傅的表哥，打路邊菜園砌築起來。推開大門，那條地面鋪了磁磚，攤開草蓆即可乘涼睡午覺的走道，直直通往後門外的田野及半邊天空。

六年後，和家中領導為了任教方便，三個孩子必須上托兒所，只好把家搬到市區南郊民族里一棟兩層樓。這房子有個小小庭院，我將庭院交給一棵比孩子們高不了多少的桂花樹。

這棵小樹秋冬開花，從鄉下被帶往延平里路旁那些年，委屈地站客廳窗口，常被路面揚起的灰塵撲得滿頭滿臉，像個小小蒙面盜，隔著車來車往的大路，跟對面野地裡搖頭晃腦的甘蔗玩捉迷藏。這回搬了新家，被關進矮牆庭院裡，每天只能與三個小頑童比賽身高。

這裡距離老城區確實近許多，兩百多公尺長的柏油路，路頭要斜穿過一條僅容三輪車通行的小巷弄，路尾到我鄰居門口即緊急煞車。再往前便是一畦畦稻田和菜園。想開車走這一小段民族路，必須由兩條垂直方向的道路拐繞。使我們沿途幾戶人家，彷彿住在避世隱居的小小桃源。

我在二樓小陽台擺張藤椅看閒書，可以瞧見三個小把戲放學後跑進路尾那一大片田野玩泥巴。畢竟是鄉下孩子，對分布著蓄積人畜糞尿水肥坑的遊戲場，並不嫌髒臭。還當它是教室，經常有白鷺鷥、烏鶖加入他們遊戲或上課的行列。

後來路打通了，單單來來往往的機車就逼迫我離開陽台，驅趕孩子躲回自己房間。十年過去，他們需要更大空間，於是不得不搬往更郊外的金六結，貸款買一棟較多房間的兩層樓房。

曾經暗自高興好些年，認為自己僅付了興建住宅款項，廠商竟然慷慨附贈周遭的稻田、菜園、水圳、竹圍人家、學校，以及好大個天空與越來越近的遠山。

2.

記得剛簽下建屋合約時，由市區往金六結這條復興路尚未打通，比無尾路強一點是已用砂石填出雛形，汽車硬要通過，得模仿學步娃娃，邊走邊搖頭扭屁股地展現舞姿。

等路鋪好，三條巷子住滿四十幾戶人家，構成小小聚落。大路兩旁除了這個聚落，仍間雜著稻田、菜園、溝渠和竹圍，任憑陽光雨水和小鳥清風四處撒野。

不管白天黑夜，都有公雞、小狗，鵪鶉、黃鸝、野鴿子，及其他不知名的鳥禽鳴叫歌唱。每天外出工作回來，總以為回到兒少時居住的鄉野。

可惜三十多年下來，周邊田野不見了，竹圍瓦厝不見了，溝渠水塘不見了……，全教密密麻麻的樓房巷弄併吞瓜分。甚至連天空都少掉五分之三。唉，天空小了，哪來地方收容好壞心情呢？

一年前，我房子左前方，直線距離百來公尺處，原先一座竹圍瓦厝地基上突然聳立十四層高的大樓，每天清早還把腦袋陰影探進我二樓陽台，晚上則舉起手掌擋住初升的月光。自認為是住著嫦娥與玉兔的廣寒宮。

我住家右後方，隔著兩排房舍和一條道路，最近赫然出現已經興建到十六樓，且持續綑綁鋼筋，持續灌漿的龐然大物。

巷內鄰居自嘲，遇有颱風來襲，它們會幫忙擋風呀！

看來，聚落周遭已經跟舊城區面貌酷似，似乎成了連體嬰，任誰也找不出它們分割的界線。

田野不斷消失，地景不斷改變。回顧以往，原本很神氣地自封是開疆拓土的元老，如今垂垂老矣，已逐漸丟失了先前掌控的版圖。

過去看到和眼前所見，彷如舞台上表演著變臉戲碼，瞬間即更換完全不一樣的面貌，記性再好也無可奈何呀！

3.

所幸自己從嬰幼兒時期至高中畢業前，能夠安穩地住在壯圍鄉下，那個到處路小天空大的曠野，讓我心胸永遠有空位去框住自己喜愛的地景。

我出生壯圍鄉土圍村，後來與美間村合併後改名美城村。三歲時，全家坐著牛車往南搬，跨過宜蘭河定居鄉公所前面。兒少歲月及當兵前的青春期，全都在那兒度過，也就等同一輩子依託的家鄉。

至於土圍村的老竹圍大瓦厝，早拆掉了；三歲到進小學期間住的雜貨店倉庫，拆掉了；小學一年級上課的古公廟，拆掉了；少年到高中畢業所住的檜木板房子，拆掉了。

這些房舍，卻是幾十年來睡不著覺或午夜夢迴的去處，不管它多老舊多殘破。連同那些老鄰居，全屬一輩子忘不了的人物。

當過村長的「黑頭仔」，在村頭開著礱米廠，後來由他第二個兒子「紅毛順仔」接手。鄉公所前開雜貨店的老闆，則是黑頭仔的長子「紅毛乾仔」，曾經出租雜貨店緊鄰的庫房，供我們全家住了幾年，直到父親買下同一排的檜木板牆房子。

一位被全村叫他黑頭仔的長者，竟然生下兩個紅毛仔，一直是我們小時候解不開的謎。後來長大讀過幾年書，約略懂得隔代遺傳，才想起大家都沒看過兩個紅毛仔的阿公阿嬤阿祖阿太。

村裡還有幾個名人。包括專門幫人埋葬死嬰和夭折幼童的天送仔；懂得在溪河裡布設竹筍抓魷魚的黑番；撐著駁仔船載甘蔗的石順伯。另外，小孩子必須保持距離的，則是手持銅搖鐘，胸前掛隻牛角，頭戴紅色船形帽的紅頭司公，他專門在水溝涵洞口驅鬼逐妖，幫人收回被驚嚇走失的魂魄。

成群頑童中，喜歡當頭領的是個講話有點結巴，而被大家喊他大舌仔的少年。他家原先是市區有錢人家，搬來鄉下衣著照樣顯眼，講起話來嗓門特別大，只是每每重複又重複。

鄰近竹圍有個農夫，某天看到縣太爺神氣地坐著黑頭車下鄉巡視，心裡很不服氣。立刻把圈養的鴨群放出來，手上拎著半水桶泥鰍和小魚，朝曬穀場繞圈子，嘴裡「巴巴巴巴」叨唸個不停，整群鴨子緊跟著他拐過來彎過去地兜圈子。

他鄭重地向圍觀的大人小孩宣布，他也是縣長。果然，直到他變成白髮蒼蒼反應有點遲鈍的老人，包括鄉長、警察、雜貨店老闆、學校老師、剃頭師傅……，照舊喊他縣長。

而每天踩著腳踏車經過鄉公所門口，往宜蘭街殺豬賣肉的「大棵亮仔」，應該是全鄉首屈一指的大胖子。一九六〇年代之前，鄉下人營養不良，根本找不到肥胖的人，大棵亮仔卻胖到手腳鼓出一球又一球肉坨坨，更不用說其他部位。全村人看到他，都要為他那輛越來越顯單薄瘦弱的腳踏車叫屈，擔心某一瞬間被大棵亮仔壓垮。

4.

村莊裡最精巧漂亮的房子，是一座新蓋的教堂。早先幾年，有傳教士跟賣雜細攤販一樣，胸前掛著手風琴騎腳踏車從宜蘭街下來。在岔路口教孩子們唱：「來信耶穌，來信耶穌，你若信耶穌，你就快樂，大家攏來信耶穌！」每回唱得最大聲的，可以領取一張上頭寫著彎彎曲曲字跡的耶誕卡片，去討好女生。

教堂蓋好之後，彈手風琴的阿督仔不再從街上下來。住教堂的傳教士，跟我們同樣膚色，講同樣話語，他沒掛手風琴，也不要我們唱歌，經常將自己和教堂一起關在庭院裡。

我們上學放學的路隊經過，會自動解散幾分鐘，各自攀住玫瑰花圃的圍牆欄杆，透過空隙往裡瞧這座令人覺得神祕的房舍和傳教士。

小腦袋瓜裡，總忘不掉老一輩嘴角那幾句話：「吃教死沒人哭。」「小心，那個假督鼻仔會把小孩子騙去美國做苦工。」因此，對這棟有圍牆和花圃區隔的漂亮房子，多少懷著幾分恐懼。除非整支路隊經過，幾個人彼此壯膽，才敢在玫瑰盛開時節朝牆內多瞥兩眼。

另外一種考驗，發生在放學時刻。路隊拐出校門，經過一家理髮店一家小小雜貨店及一座竹圍之後，在竹圍另一側交界處，隆起一座頗具規模的墳墓，它面向公路盯著我們，好在路隊人多。可難免還有男生戲弄女生，高年級欺侮低年級，故意踢動路側的細碎石子，謊稱墳墓裡蹦出鬼魂朝大家丟石頭。

好像只有同班玩伴，心底比較踏實自在些。究其緣由，是我們入學那年學校教室不足，全班借村裡古公廟上課。古公三王每天隨我們讀一二三四，讀ㄅㄆㄇㄈ，大家則和古公三王一塊兒呼吸炷香氣息。

與王公相處兩個學期，讀書遊戲全在那極其有限的空間，玩躲貓貓、踢毽子、射橡皮筋、甩尪仔標，王公隨時緊盯在我們身旁加油打氣。正如我們每個人怕老師那樣，相信所有妖魔鬼怪都怕守護在我們身邊的神明。

5.

鄉公所和住家門前那條公路，頂像繫住平原的腰帶。

朝西通往山邊方向，可以路過宜蘭街。那個只要有錢便能夠買下很多物品的熱鬧市街，不管吃的喝的穿的用的全找得到。

稻穗前呼後擁，統統朝著你歡呼。

反個方向調頭朝東去，差不多走相同距離，大海會及時攔住所有人車。那片藍汪汪波濤，正是地理課本說的太平洋，學校牆壁上地圖中必須塗掉大半桶藍色油漆的地方。

沿途居民一年到頭忙著插秧種菜栽瓜果，也忙著下海抓魚蝦。一旦洗淨手腳泥垢，求神拜佛只求日子過得安穩。不管販售魚蝦果蔬，從市街買回物品，甚至把棺材抬到海邊沙崙墳地埋葬，通常不是往東就是往西走那麼一趟。

鄉野人的夢境和實景，很多時候跟野台戲劇情一樣，午場晚場很難作區隔，更難割捨。

有時候，必須與外地朋友聯絡，若單單報稱「我是吳某某」，對方往往要隨著複誦之後才恍然大悟；如果我報出名號是「宜蘭吳某某」，回應狀況則大不同。

當一輩子宜蘭人，最值得安慰是，很多時刻能夠自以為是。窩居在家，自以為是古書冊裡的隱士；踏出門檻走下台階，自以為是擁有整個平原的帝王。

頭頂的天空，眼前的稻穗蔬果，前呼後擁，統統朝著你歡呼。

——原載於二〇二〇年二月十一日《聯合報・副刊》

土地公公的腳印

翻開台灣地圖，宜蘭平原像一把張開了的扇子，在翠玉色的扇面上，飄著一條長長的藍色絲帶，那就是蘭陽溪。

據說在很久以前，台灣島的東北邊，還沒有這麼一片美麗的平原。從三貂角到北方澳之間，海水可以湧到群山腳下，使地形像張著大嘴巴的怪獸，實在難看。

那時候，太平山上住著一位土地公公，喜歡每天坐在山頂曬太陽。春天看野花，夏日聽鳥叫，秋季弄雲霧，冬天一到堆雪人，周而復始，只見滿山的大樹一棵棵長高、長老。看著看著，也就有些煩膩了。

土地公公想起小時候的一種遊戲，於是撿來一大堆石子和泥塊，順手往海面上打水漂兒，直到有個早晨醒來張眼一瞧，發現在他常丟石子和泥塊的海面上，竟然露出一小塊陸地。

「呵呵！要叫這個張開的大嘴巴閉攏，並不難呀！」海水中冒出陸地來，給土地公帶來無比的喜悅和很大的鼓勵，也讓他覺得每個日子都有了特別的意義。

土地公公剖開竹子編製了一對畚箕，又砍了一根檜木枝椏修成扁擔，每天一大早就從太平山、南湖大山、桃山，挑一些泥土，往海裡面倒。這種挑土填海的日子，雖然不如以前打水漂兒那般有趣，但是土地公公感覺挑擔走路，每天出一些汗水，反而使他身體比從前健壯許多。

過了不久，土地公公站在新生平原一端，已經看不清平原的另一頭，工作時實在不容易掌握自己的進度，往往要爬到高高的山頂，才能俯瞰自己填土成績。土地公公只好想出個辦法，找到一塊大石頭，奮力拋向海中，當作是一個記號，準備把泥土填到那兒才算完工。這個記號，正是現在孤懸太平洋中的龜山島。

有了這樣一個目標，土地公公在工作時再沒有什麼煩惱了，尤其看著自己所填出的陸地面積，一天比一天擴大，逐漸朝著目標接近，總會不自覺地加快腳步。

一天黃昏，已過了收工時刻，土地公公自信還看得見路，便多挑了一擔土往山下走，不幸跌了一跤，整擔土全打翻了。天色黑暗，土地公公又跌痛筋骨，一時便忘了把那左右各一畚箕的泥土朝四方推平，所以迄今仍像兩座小山丘，一座叫員山，一座叫丸山，分別留在蘭陽溪左右岸的員山鄉與冬山鄉境內。

人摔傷了，畚箕摔壞了，許多神仙聽到後，紛紛出面勸阻土地公公再挑土填海。土地公公卻表示，他應當再挑幾擔，一直填到龜山島，至少也該把他每天挑擔來回所踩出的一路腳印填平。其他神仙則認為，留下一路腳印當溪流，並沒有什麼不好。土地公公拗不過眾人，只得服從多數，才洗乾淨手腳，回到山上抓些草藥療傷。

土地公公歇下工作休息了，天上掌管雨水的神仙，才讓雨滴兒到地上玩耍，每個雨滴兒都覺得土地公公所踩出的腳印，彷彿公園裡的滑梯一般好玩，一個跟一個，淅瀝嘩啦地順著溜到海裡。

兩岸的土地，得到如此的哺育，變得濕潤而肥沃，一些稻米、青菜、水果、竹林等作物，競相從泥地裡鑽出來。

人們開始在平原上落腳，農耕之餘，便把豐收時的愉快唱成好聽的歌仔戲；連高掛在天上的太陽都感到好奇，每天早上從海那爬呀爬的，順著蘭陽溪，一心想看看土地公公這一路腳印的源頭。結果當他爬上山頂，往下探頭時，一跌就跌進西邊的群山裡。

土地公公從來就不揭穿這樁祕密，照舊悠閒地躺在山頂休息。每年冬天，當你站在蘭陽平原上，朝西方的山稜線望去，往往會看到山頂上映著一些白皚皚的亮光。

告訴你，那就是土地公公頭上的白髮哩！

——原載於一九八三年十月洪建全教育文化基金會發行《當代作家兒童文學之旅》

題壁——二則

●其一　碎裂的捐款人名錄

村裡的古公廟遷往更寬闊的新址後，舊廟舍閒置了一、二十年。這棟古公三王住過七十幾年的老房子，平民百姓不便利用，只好任其破敗荒廢，最終夷為平地。

可那兒曾經是我小學一年級教室，一輩子忘不掉的啟蒙場所。閒置這些年，我不管王公、廟公座位早就空蕩蕩，每次路過必定進去繞繞。反而比王公沒搬往新家時，去的次數多，停留時間長。

先前少到廟裡，大概是怕王公三兄弟誤會。以為當年那個在廟裡學ㄅㄆㄇㄈ和一二三四的小搗蛋，上了年紀變成老朽，若是蓄長鬍鬚尚可模仿幾分王公威嚴，如今竟然跑回來繼續撒野作亂。所以，我一直等王公搬去更寬敞華麗的豪宅，才敢放膽勤快地走進王公空出來的老居所探訪。

廟中蛛網布陣，螞蟻自在散步，小蟲子肆無忌憚地在牆角隙縫叫陣打鬧。室內欠缺燈光照明，僅僅依賴由門口鑽進來的天光，辨識室內陳設。每回我總是睜大眼睛四處張望，仔細看門簷斗栱吊筒的雕刻與彩繪，辨識全部石柱聯對，甚至忍不住去朗讀書寫於牆壁的文字。

白磁磚拼貼的牆上，用毛筆書法寫的古公三王略歷、建廟沿革、捐款贊助修建芳名錄，不但吸引我目光，還經常有鳥雀從卸掉門扇的廟門飛進來瀏覽。

麻雀們似乎跟我當年上學放學時一個德行，不停地轉來轉去，飛進飛出，嘰嘰喳喳地說個不停。此刻換我學樣，進進出出都不忘瞧著門框上的對聯字句，連同對聯側邊那一幅幅刻繪燒陶的〈二十四孝〉圖畫，全得要仔細琢磨，彷彿拿彩筆和繡花針重新描繪和修補。

小鳥之外，有隻小黃狗常跟著我兜圈子，像貼身隨從又像監視盯梢。我發現牆角地面攤開幾件破舊衣服，應該是牠睡覺的床鋪。我靠近，牠卻從未對我吠叫宣示主權，我想牠明白這裡仍是王公的地盤。

廟右側偏殿，原先土地公、廟公坐的位置，早讓給了拓寬的高架橋作為上下聯絡道。廟舍少掉一側偏殿，幸好龍柱仍完整地留下，撐住半邊天。

我喜歡站在左側偏殿牆壁前，仔細地讀著占了很大面積的贊助修建芳名錄，它是將近一甲子前廟宇修建時鑲砌的。名單中善男多信女少，此乃鄉下人自古以來留下的傳統，每個家庭皆由男人代表出面。

白磁磚上寫著黑色毛筆字，上釉燒製的名單編排得整整齊齊，全是我小時候要叫阿公阿伯阿叔嬸婆的村人，大多住左鄰右舍，縱使住得較遠，對成天四處遊蕩玩耍的鄉下孩子而言，誰住哪處竹圍，誰住哪棟紅瓦厝，誰住哪間茅屋土墼厝，很快即弄得一清二楚，如數家珍。

早年書寫文字，沒有電腦打字替代，若要寫個稍大的字，必須有人用毛筆沾墨水一筆一畫寫下來。村人中找不到能夠把字寫得像書法課字帖那麼漂亮的高手，凡是需要寫出工整毛筆字的活，例如店鋪招牌，有錢人家每年除夕張貼春聯，結婚壽誕喜慶門聯，以及廟裡祭典儀程、聯對題壁等等，便往宜蘭街請來教漢學的老先生執筆。

無論筆畫多麼繁瑣或怎麼簡略，只要出自教漢學老先生筆下，必然個個圓潤飽滿。

所以古公廟門楣牆柱上這些字跡，總是教人百看不膩。不管那些捐款人姓名用字意涵高雅或粗俗鄙陋，經由這麼漂亮的毛筆字一筆一畫地寫出來，用磁磚燒製鑲上牆壁，拿刀筆雕刻木匾石柱，讓很多人看到讀到的感覺完全不一樣，也讓當事人及其子孫親朋戚友領受光彩。

將近一甲子前那次修建工程，村裡村外總共收到十二萬八千元，八百八十位捐款人當中，以村長那筆三千元居首。大家叫他黑頭仔的村長，開設一家碾米廠才有如此財力和氣派。另外一些長輩，家裡米甕經常見底，吃穿用得靠四處張羅賒欠，他們還是勒緊腰帶五塊錢十塊錢地捐。我父親捐四百塊錢，在那年代可是鄉公所員工上班兩個多月才能領到的薪水。

最教人窩心，是芳名錄末尾除了書明建地捐獻人，同時清楚標示負責修建廟宇的泥水匠、木匠、雕花匠、油漆匠、鋼筋師傅，還包括設計師、擇日師、撰寫詩詞文稿和提筆寫字等匠師姓名，宛若成排成列恭敬地站立牆邊，等待諸王公逐一賜福。

如此題壁，把每個人虔誠心意完全蘊涵於兩個字三個字的姓名之中，最少最少可以教每個現代人看了，曉得該好好珍惜父母長輩幫我們取的名字，筆畫吉凶詞意雅俗連王公都不在意，當然更值得每個人疼惜一輩子，進而傳諸後代子孫。

這情景，絕非現代媒體披露的現象，好像任何名字皆見不得人，不管是捐款行善挺身救人的大好人，不管是為非作歹殺人放火的現行犯，幾乎全成了吳姓男子、謝姓婦女、林姓友人、王姓老闆、張姓司機、何姓店員、徐姓工程師……，要不然就是李×東、游×西、莊〇南、潘〇北……

所幸過去的年代民風淳樸，縱使窮得必須向人伸手賒借甚至乞討，也不至於動歪腦筋偷盜詐騙，否則為了保護捐款人不被當成肥羊，把題壁芳名錄所有名字刻意留白而殘缺不全，歷經半個多世紀，於今再回頭看它，恐怕已變成古今謎語大全，誰都搞不清楚姓名中間那個×〇該如何填補。若憑想像胡亂填補，究竟是不是自己的父母叔伯，又能找誰證實，單是想想便覺得遺憾。

相互比較，古公廟近一甲子前占據大半牆面的題壁，確實比現代媒體溫暖貼心，教人回到雖貧窮清寒卻是友善和樂的人間歲月。

如果王公搬家後，廢墟或題壁能夠持續留存而不被搗碎弭平，那真是我們村裡最最珍貴的文化遺產哩！可惜。

●其二　消失的女子國小

很多人不知道宜蘭市曾經有一所國民小學叫女子國小，大概要三十歲以上年紀的市民，才曉得它是宜蘭國小前身。

靠近宜蘭舊城區邊緣這所小學，正是百年前日據時期創建作為專門招收女生的「宜蘭女子公學校」，日據末期雖一度被改名，仍然只收女生，且在台灣光復馬上恢復女子國小校名。五十年前開始施行九年國教，曾使女子國小成為全國唯一僅收女生的小學。打自創校以來，學生學習一般語文課業外，另以刺繡、家事、珠算、心算作為特色課程，在國內外競賽中出盡風頭。

民國八十五年八月，政府要求女子國小兼收男生，廢掉大家熟悉幾十年的校名，改稱宜蘭國小。與它一牆之隔共用一座大操場的中山國小，同時也從清一色男生的「和尚學校」兼收女生，但它顯然比女子國小幸運，不用大費周章去改名換姓。

從此，兩所小學已經和其他小學沒什麼兩樣，很難感覺出它們原本各自持有的特色，這應該算是教育官員巧思盤算後創造出的成果吧！

遺憾是他們不曾想過，女子國小創校後所延續七、八十屆的畢業校友，在她們人生起始那個階段的重要記憶，已統統跟著原有校名被抹除而褪色，那種失落卻是沉澱心底的隱痛，永遠伴隨她們一輩子。

目前，宜蘭國小校園內能找到女子國小舊校名的地方，除了庫存檔案，恐怕僅剩學生活動中心外牆上方，一排黑色大理石雕鑿的鑲金字「宜蘭縣女子國民小學活動中心」。那是學校未更名前，興建這棟建築時留下的，哪天這棟館舍需要改建，牆上的舊校名能否保得住？恐怕誰也不敢說。

我兩個女兒從女子國小畢業已超過三十年，她們每次同學聚會或路過校門口，都不免感嘆地說：「我們已經沒有母校了。」我安慰孩子，女子國小還在，至少持續留在學生活動中心牆壁上呀！

女兒就讀期間，我認識學校裡一位女老師，遇見時總看到她滿面笑容。她告訴我：「自己在女子國小讀了六年，陸續完成中學大學課業後，兜個圈子竟然有機會重返母校教書，心裡直覺自己是回到十二、三歲以前的年紀，每天背著書包飯盒與同伴一起上學，怎能不開心？」

隔些年聽說她離開教職，擔心她是受身體健康影響才提早退休，她卻指著校門上更換過的校名說：「不是我急著想退休，是我原來的學校不見了。覺得自己像顆洩氣的皮球，沒辦法彈跳，也滾不動，原先那股衝勁全沒了！」

她還說：「我教過很多班級，不少孩子寫到女子國小，寫我是女子國小學生這幾個字，往往調皮地把女子二字靠攏，讀起來便是『好國小』、『我是好國小學生』。等學校改了名字，小朋友不再寫我讀好國小、我是好國小學生，瞬間驚醒我從兒少歲月一路延續的夢境，這才發現自己臉上已經密布皺紋，頭上添加很多白髮。」

某日下午，我沿中山公園側邊散步，途經鑲著女子國小校名牆壁的對街，瞧見一位手持雨傘充當拐杖的老婦人，由一名中年婦女陪伴，看來應該是對母女吧！她們坐在公園邊椅子上，邊指著學校活動中心外牆邊說笑。

我猜她們肯定回想起兒少時期在學校跟隨老師朗讀課文，和同學嬉鬧、跳房子、玩橡皮筋、丟沙包、跳繩、踢毽子的歡樂時光。

說著說著，老婦人擱下拐杖傘，將雙手環抱胸前，嘴唇不停地蠕動，彷彿朝那堵牆壁祈禱。我擔心阻擋她們視線，刻意緊貼街道邊緣行走，老婦人立即點頭稱謝，我也轉頭還她一個會心的笑。

我似乎瞧見一條無形的情感紐帶，飛過頭頂上方，跨越街道，跨越學校圍牆，翻過校園裡的腳踏車棚及花木，將那對母女和寫著舊校名的題壁，緊緊地拴到一塊兒。此刻，她們燦爛的笑容，充分流露出已經尋回昔日那段天真快樂且無可取代的歲月。

「宜蘭縣女子國民小學活動中心」幾個制式化字眼，再直白不過，絲毫不摻雜惹人情緒波動，撩人馳騁想像的幾個字，居然如同騷人墨客留下的詩詞歌賦，能夠撼動人心。這大概是過去主張改變學校名稱等作法的官員，從未料到的。

人都說時代越來越進步，進步結果是連平靜鄉間也會碰到許多怪事。最常見的是，原本大家熟悉的地名路名橋名，無緣無故便被改掉。

就我自身遭遇，出生的土圍村早消失了，接著青少年歲月所熟識的壯五村、壯五路不見了。直到現在，我仍無法精確地寫出設籍十餘年的戶籍地址，必要時只能尷尬地掏出身分證，像考試夾帶小抄那樣去抄錄。

原因並非我年老患痴呆，而是這些年有不少地方的門牌被一換再換。有時是村里名更改，有時是第幾鄰改了，有時是路名變更完又附送個尾巴，加個第幾段。

橫過我戶籍地門前那條道路，往東四、五十公尺跨越十字路口繼續走，就有個堂堂正正路名，而折返朝西這一端明明同樣是條視野開闊的道路，卻被編為另一條縱向分岔道路的第幾巷，門牌號碼當然被一次又一次重新編排。

網路興起，印刷便捷，現代人寫作文稿發牢騷抒發情感，不乏刊載園地，已不作興

百年歷史的宜蘭國小曾經有七十餘年期間叫女子國小，目前卻只有活動中心外牆才能找到舊校名。

在板牆石壁吟詩題詞。現代官員，大概也少有人具備古時候官員吟詩作畫題壁的本事，黔驢技窮使不出招數，最後只好把那所學校名字是我改的，那個村里名是我圈定的，那座橋名是我取的，那條路名是我想出來的……，拿來充當施政績效。

一般人希望生活環境中能保存點自己熟悉的舊址遺物，好讓某些故事流傳下去，這樣的設想，肯定越來越不容易。

時代輪軸不停向前滾動，有些舊器物必須清除才能騰出空位，好重新栽植起造；有些則需要被存放在記憶篋，才能比對出未來面對的是否是真正的美麗人生。

——原載於二〇一八年五月十七日《聯合報·副刊》

策馬林蔭下

住家附近的宜蘭高中，方整校地被迫割讓出一條供人車通行的大道。路外緣還擠出一溜狹長空地，幾十年來收容了許多大樹老樹、蜂蝶鳥雀，變成市區邊緣難得的綠帶。

我每天出門或回家，都會學樹下散步的黑冠麻鷺及珠頸斑鳩，不怕旁人注目，只專心去聆聽濃密的枝葉唱歌，甚至打情罵俏。

有棵老相思樹，練功夫那樣弓下身軀，以四十五度角跟草地攀談，再模仿老爺爺隨時準備背起頑皮的小把戲，挺直肩頸面向天空呵呵大笑。

還有一棵老榕樹，四腳朝天並岔開手指腳趾充當遊樂場的旋轉椅，引誘孩童爬上爬下。幾個孫子小時候，全在上頭扮演過齊天大聖。我每回經過，總想偷偷地往枝幹上綁具搖籃或繫架鞦韆。

我是樹盲，從小僅認得榕樹、茄冬、相思樹，大葉欖仁和第倫桃，算是後來結交的朋友。

平生嗜好單純，不菸不酒不懂牌理，唱歌又五音不全，日常只能埋頭紙筆書冊，對著電腦鍵盤發呆。書房裡坐久了，不免想起北宋歐陽修創作構思離不開馬上、枕上、廁上，於是懷著老驥伏櫪的雄心壯志，常到林蔭下遊逛。

在老樹攜手守候途中，你便不難瞧見某個人騎在馬背上晃悠，信馬由韁地任憑故事碎屑，伴著陽光從枝葉隙縫篩漏，朝他頭頂、肩膀和全身流瀉。

一旦你看到那個人突然勒馬調頭，急急地往回走，嘿，不單單蛛絲馬跡，肯定他已尋得某些字句。

——原載於二〇二〇年三月《聯合文學》

策馬林蔭下。

沿河放牧

二月中旬，《聯合文學》雜誌邀我寫三月號封底「靈感角落」的短文，應命寫了〈策馬林蔭下〉，把日常躑躅於住家附近一整排老樹下的心境，和盤托出。

其實，我還會騎著孩子送的鐵馬，朝著鄉間小路或宜蘭河兩岸堤防揚蹄闖蕩。母親辭世前幾年，鐵馬踩踏的蹄印，主要是甩開樓房商家糾纏的市區，順著寬闊田野所間夾的一條農路，回到青少時期居住的鄉下，再陪老人家沿著河堤散步。那幾乎是我每天必修的功課，也因此能夠從老母親珍藏的記憶中，勾串自己的童年往事。

後來，遛達路線偏移到鄰近住家的河上游。這段河道跟自己算來亦屬舊識，兩岸高灘地保留著許多老舊樣貌，例如鷺鷥群聚的蘆葦叢，擺頭扭腰作怪的分岔水道，不時伸出髒腳丫浸泡的高灘地……。但除了斷續蜿蜒的小徑，比起其他河道算是較少遭受人工踐踏。

誰都可以走過這座橋左轉或右轉，沿著河堤走去；然後再過另一座橋左轉或右轉，繼續沿著河堤行走。不管兜個圈子回到原點，或走得更遠，流水照樣貼在你身旁。

漫步遊逛或佇足守候，都不難招惹牽引故事的線索。面對脫韁野馬和未加鎖鍊的鷹鶚，總以為自己在河邊放牧。早就忘掉手機裡設有計步器功能。

近看遠眺面貌極為神似的河域，往往因路人經過而有不一樣的風景。曾經見過一位長者帶來長劍憑空砍刺，更不乏坐在河堤上拉二胡、練小提琴的，琴韻宛如行雲流水，迅即與天籟合而為一。

最近一次，沿岸的風聲水聲鳥叫聲曾被一陣陣尖銳的「古吹」聲響鎮壓。那嗩吶古吹所吹奏曲調，正是小時候聽了必須趕緊跑回家，躲到門扇背後才能撫平心跳的那種送葬行列特有的樂曲。可在此刻，卻覺得如此空曠場域極適合它來傾訴。

不時有釣客扮成銅人挺立，對著自己倒影下竿垂釣；也有模仿廟口蹲坐的石獅，文風不動地埋伏，一任水底魚兒游來游去。

愛好寫作者每每觸景生情，無論盤坐或漫步河堤上，許多字句總會自然地從記憶卡匣噴出。所謂天地、萬物、日月、星辰、雲朵、雷雨，所謂季節、氣味、聲音，還有那不切實際甚至無中生有的夢想與幻影，統統聯手圍繞著你，分分秒秒，從不背棄。

這是我喜歡追尋的情境。不管清晨或黃昏，不管欠缺下午茶或特調咖啡的午後，在整個天空呵護下的河邊，誰都會沉醉耽湎。

近幾個月，人間被新型冠狀病毒陰影籠罩，各色人等全教一些持續上升的數字所牽扯。河邊這片空曠天地，應當是造物者早已料到且刻意留給人們喘口氣，感覺自身依舊存活的版圖，誰都不該忽略。

我沿河放牧，守望的正是時而焦慮時而愉悅的思緒，以及起伏忐忑然後沉穩的心情。

——原載於二〇二〇年五月《鹽分地帶文學》

寒露碎鑽

我喜歡穿著老舊鬆垮的衣服，到宜蘭河堤散步，自稱這種日常功課叫沿河放牧。讓自己回到少年時期，跟隨打赤膊光腳丫的鄰居童伴，往河邊放牛。

和童伴不同的是，我衣著整齊而不敢袒胸卸甲，韁繩繫住的牛隻，則是握在手裡那本書冊，那支鉛筆以及兩三張皺巴巴的紙。過了許多年，鄰居已經操控耕耘機不必去河邊放牛了，我還是改不掉舊習性。

進入「寒露」節氣當天，天空時陰時晴。我趕在黃昏之前就牽著牛隻出門，由窄狹的「永金二號橋」過河，朝左岸堤頂逆流而上，再從「永金一號橋」折返右岸。一路欣賞河面波光變幻，太陽與雲朵溜滑梯，連帶搜尋高灘地蘆竹群落及菅芒叢。可惜來早一步，出外覓食的鷺鷥群，尚未歸巢。

陡地想起，寒露後天氣轉涼，早晚都會有露水或霧氣。於是收回視線，聚焦堤頂步道外側那條細長綠帶，果然驚奇發現露水和霧氣已在腳掌邊留下蹤跡——青綠雜草間，

寒露時節的露珠彷彿碎鑽。

到處有蛛網兜攬著一撮又一撮晶瑩剔透的鑽石。

有人預測，生肖屬猴者過這個庚子年寒露，肯定福星高照。我想，能在河堤游牧之際，獨自享有一攤攤如此美麗的碎鑽鋪陳，對一個上了年紀的人來說，應該夠了！

——原載於二〇二〇年十二月十三日《自由時報．副刊》

未來的回應

我掃描了一堆老照片，陸續存放在電腦相簿裡。

這些影像中，最多的是到各地旅遊景點所留影，其次是日常生活照。有一張高中時在校園拍攝的照片，最近才由旅居美國的同學從他的相片簿裡，找出來傳給我。

正忙著整理歸類，四歲的恩翔靠過來當觀眾。小搗蛋有滋有味地看著花花綠綠形形色色的照片，還開心地問東問西，不時流露出讚嘆或者疑惑的眼神。

當他看到我那幀失而復得的年輕容貌，馬上攔住我雙手，不讓繼續敲擊鍵盤或移動滑鼠。同時把頭湊近螢幕，直盯著照片中那個蓄短髮、穿制服的高中生影像，過了十幾秒鐘後，即皺攏眉頭，生氣地噘起嘴巴跑出書房。

我不解地跟在他後頭，看到他拐進廚房找他奶奶，當著他奶奶及眾人面前，氣呼呼地告狀說：「奶奶，爺爺怎麼可以把我的臉照得那麼老，又那麼醜！」

大家好奇地跑進書房，圍在電腦前仔細端詳那張舊照片，果然認定小搗蛋沒看走眼，我們爺倆確實幾分神似，怪不得他能夠從我少年的影像中，瞧見十幾年後自己讀高中時的模樣。

這段生活中的小插曲，使我想到，興許可以在電腦網誌裡寫下一些文字，留給我未來的曾孫、玄孫、玄孫的兒子⋯⋯。讓他們在幾十年或幾百年之後，讀到我這個老祖爺爺曾經做過什麼，想過什麼，說過些什麼。

沒料到，當我在網誌認真地書寫一陣子後，回應欄很快收到一封回信，上面寫著——

謷絙僗咨咨，痐駉跁歠鐭陊，
鐨怢淏，埬洪荓湬囲！麢辶釔衾厷。
梢餈恃隞慦鞎，嚗雲韏蝢，
憭颲瘛鞈，擮璬蟡楛隞。

我認不得這些字詞，就像我不懂甲骨文或某些篆字、草書，當然無法研判它來自哪一代後生的留言？也不了解是哪個未來的小搗蛋，想跟我這個老祖爺爺說些什麼？

更遺憾的是，我沒有辦法看到他的長相。因為，他在我網誌回應欄所顯示的照片，只是一幀灰濛濛看不見五官的剪影式頭像，頭像上留了一個大問號，實在難以界定他究竟像不像我少年時的模樣。

我只能在心裡嘀咕：哇哩，怎麼會這樣？網路世界好像能夠讓人對未來有所呼應，有時偏偏橫擱著超寬闊的一道代溝。

對於這些未來的回應，一切似曾相識，幾經推敲，卻又全然地陌生！

——原載於二〇一二年四月三十日《鹽分地帶文學》第三十九期

說書人藏身處

我寫作或閱讀書籍時刻，耳朵會自動處於暫時關閉狀態。縱使附近有人開收音機聽廣播，開音響播放樂曲，除非音量太大造成噪音，否則不至於影響我思緒，更搶不走我要寫的字句。

我成長的年代，收音機是鄉下人都想高攀的貴族朋友，當然不可能與哪個人有冤仇。何況有很長一段歲月，它還是陪我成長的說書人。

直到許多年之後，才發現它似乎改行了，除了勤於歌唱就是大作商品廣告，盡說些八卦卻很少說書。我只在獨自開車時，偶爾會想起原本熟悉而變得陌生的夥伴。

退休十幾年來，少出遠門少開車，赴約購物看醫生，習慣騎機車、腳踏車或散步，很自然地和所有廣播電台斷了線。連自己演講、出版新書接受電台主持人訪談，都是隔好一陣子才想起來從電腦中搜尋。偏偏我的電腦音響常出狀況，如果懶得去修，大概永遠不知道自己曾經在那專業錄音室裡，面對麥克風胡說些什麼。

記得小時候，父親有一台日據時期購買的收音機，大家叫它「拉吉歐」。小小一個木盒子，在我們鄉下卻是個神氣得能夠充當傳家寶的家具，宛如老秀才宅第的木雕太師椅那般珍貴稀奇。

小木頭箱子護著好幾個超薄的透明玻璃瓶子，說是真空管。一旦插上電，這些被倒置而屁股朝上的玻璃瓶，立刻有閃電跑到裡面竄來竄去，模仿乩童起乩般的行徑，整個「拉吉歐」跟著抖動不已。先是吱吱喳喳嘰嘰咕咕亂叫一通，能抓準的頻道大部分時間，則全是日本人躲在裡頭說話唱歌。

這種節目，對一個剛學ㄅㄆㄇㄈ的孩子，一點都不感興趣。可愛的是，這小木盒子提供日本人躲藏「放送」談話歌唱之外，若是耐心去旋轉微調頻道軸，偶爾會冒出一串熟悉的台灣話或北京語對大家嚷嚷——這裡是中央廣播電台自由中國之聲……。免不了也會半途跳出個——這裡是中央人民廣播電台現在對台灣人民廣播……。人們遇到這情況，總覺得原本門窗關得緊密嚴實的房間，突然被一個高頭大馬且橫眉豎眼的陌生人給闖了進來，實在嚇人。

後來鄉公所前這十幾戶住家，陸續有三四戶添購收音機。其中以隔鄰小吃店的收音機形體最小巧，可以掛上窗櫺或牆壁。機體裝在一個挖了幾個孔洞的假牛皮盒子裡，只朝天伸出一根細長竿子天線。

不知道是日本人嫌它空間小而不朝裡面擠，或其他原因，幾乎很少聽它說過一句半句的「阿油吾也餓」。

店家把它掛到窗口鐵欄杆上，成天拉開大嗓門朝馬路嘰哩哇啦，說些大都市裡「街仔憨」和鄉下「庄腳俗」發生的趣聞，讓大家聽個過癮。

所有的節目，以晚飯後的小說選播與廣播劇最精彩，說的全是舌頭捲來捲去打轉轉的北京語，字正腔圓，灌入耳朵絕對比學校老師那南腔北調順暢舒服。

每天小說選播節目時間一到，整條街小朋友像聽到學校上課鐘響，趕緊各自帶張小板凳，坐在小吃店門口聽廣播。某些北京話語句，大家開始只能邊聽邊猜，多聽個兩三回，竟然很快聽得順溜，平日還拿到教室學舌，教老師鼓睜著眼珠子楞在講台上，以為走錯了教室。

記不清楚從哪年開始，電台增闢台語說書節目，連阿公阿嬤都主動搬椅子過來，和孩子們一塊兒成為忠實聽眾。

當時令我驚訝是，廣播中的外國小說人物，說起話來竟然跟村裡長輩說的一個樣，開口閉口不忘罵一句「你哭妖」、「賽伊娘」、「顧人怨」、「夭壽仔」、「膨肚短命」。

好在節目中大小紅毛番的名字，與周邊村人不同。沒有男人叫水雞、阿侉仔、黑番、萬來仔、豬哥、粗皮，沒有女人叫阿月仔、阿春仔、罔市仔、金魚仔。紅毛番居住走動的那些個村鎮，也無頂莊、下社、鼻仔頭、三塊厝、十三股、十六坎、車路頭。

這才教大家清楚分辨，收音機播報的是本地故事，抑或是外國小說。

起初當然不習慣，認為說書人不願意把紅毛番名字像我們這麼叫也就罷了，偏偏將男男女女統統取個古里八怪又拗口繞舌的名字，任憑腦袋再靈光，頭一天記住了，第二天還是還給了說書人。

大夥兒苦惱之際，總算有人幫忙解圍。晚上跟我們一大群小朋友守在收音機旁邊當聽眾的幾個大人，聯手把廣播劇裡的男人叫成什麼瘟生（文生）、矮漢（約翰）、破鑼（波洛）、摸過你搜（蒙哥里梭）、漏底（洛蒂）、屁多（彼得）、囉唆（魯梭），女人則叫偷拿（透娜）、按奈（安娜）、壘球（蕾秋）、罵你（瑪琍）、愛你（艾妮）……，果然讓大家一下便記住了。

偶爾晃神，甚至覺得這些瘟生矮漢、按奈罵你，就住在村子另一頭。平日看不到他們，也許是上街打工習藝，也許當兵去，也許嫁往外地。但不管往何處去，終有一天要回到村子裡。

存這種想法的，肯定不單我一個。

——原載於二〇一九年四月三日《聯合報·副刊》

圖繪與影像

1.

近些年，部分城鎮住宅外牆和庭院圍牆，經常出現大小圖繪，有隨興塗鴉，也有張掛攝影作品，供人欣賞。

年輕人還刻意把自己容貌或扭動跳躍的身影，染印襯衫胸口、隨身背包，擺出演藝明星架勢，頂替服飾公司的路狗，好緊緊擁抱自己，四處遊逛炫耀，標新立異地告訴目擊者，喏，我是獨一無二的。

對政治狂熱者，不分年紀不分男女都毫不避諱地在胸口和脊背，寫上立場鮮明的口號。

一切景象，如果回到三、四十年前，實在很難想像。

早先那些年，大概只有學校跟公家機關牆壁，會彩繪世界大地圖、中華民國地圖、空襲警報疏散路線圖、班級或局科室位置圖。結構低矮的圍牆，不便擠進圖繪，則漆上標語。包括「禮義廉恥」、「忠孝仁愛信義和平」、「快快樂樂上學，高高興興回家」、「保密防諜，人人有責」、「小心火燭，防患未然」……

我住的平原舊城區，心臟部位係清朝及日據時代宜蘭廳署衙門舊址，由原先省立醫院承傳接續後，直到民國七十年代末期，圍牆上持續漆著很長一幅標語。它和提醒快樂上學同樣多達十二個字，寫著：「反共就是愛國，愛國必須反共」。彷若一具環節緊扣的堅實盔甲，充分展露當代所堅持的精神武裝。

一長路灰色水泥牆，先以十二個藍色方塊襯底，再用亮白正楷字書寫，非常醒目。每個字長寬超過一百公分，又抵住圍牆頂頭，連停靠牆邊的車輛都沒辦法完全遮擋它。

大多數機關學校房舍，每逢夜晚或例假日，因為無人上班上課而呈現冷清清空蕩蕩，一旦牆面添加各種彩色圖繪或文字，似乎仍能分享些許平日人潮來去的熱鬧餘緒。

那年代的青少年很少人擁有相機，談不上把「玉照」轉印牆壁或布料的技巧，左思右想，頂多只能拿蠟筆彩色筆，偷偷選個地圖或標語間隙塗鴉，卻往往畫得四不像，乾脆畫幾隻小貓小狗麻雀烏龜，算簽到應卯。

尤其我們鄉下到處窮人家，哪來閒錢照相。舉凡外出購物、旅遊、走親戚，全部歷

早年機關學校圍牆常漆繪著各式標語。

程統往記憶裡塞。塞多少？憑個人興趣篩選與腦袋瓜容量行事。人身上那個別人無法共同欣賞的角落，宛如電腦主機盒子，要靠事後重新讀取，敘述描繪，始能與人分享一二。

而記憶不一定牢靠，好在回頭引述縱使糊里糊塗走岔了，有時竟然比原始該有的真實，更加美妙動人。

2.

我讀小學期間，最愛閱讀一種叫《小學生》的刊物。薄薄一本小人書，多圖畫少文字，很多小孩喜歡看。甚至無論新舊，都會不厭其煩地重複搶著看。

早年書刊黑白印刷為主，難得封面和部分內頁採用套色印製，在局部線條及區塊加印紅黃藍各種色彩。雖然總有一兩個顏色不太聽話，跑上跑下左閃右躲地活蹦亂跳，迫使圖案走了樣，猶如迷宮藏寶圖；但此圖繪畢竟添加了色彩，仍比其他黑白頁面搶眼。

令人憂心的是，如果畫裡主角需要爬樓梯，肯定要費點工夫。因為套色線條和區塊走岔了，階梯橫槓數目平空增加一兩倍，爬這麼密集橫槓的樓梯，縱使小人兒細猴子再靈活，也必須手腳並用才能應付。

較原先可愛的地方，倒是畫裡單眼皮的小搗蛋、小老鼠統統變漂亮。個個變雙眼皮大眼珠子，還不停眨呀眨地。不必學現代人花錢花時間去美容整形。

村中大人另有喜好。雜貨店、小吃店、理髮店，會迎合去蒐集電影海報跟過了年度的明星月曆充當壁紙，這些彩色印刷品拿漿糊貼上牆即成壁畫，吸引客人目光。

奇怪的是，其間少見台灣歌仔戲阿旦和小生，大大小小版圖，幾乎全教日本藝人占領，包括淺丘琉璃子、美空雲雀、岡田茉莉子、司葉子、岩下志麻、石坂浩二、小林旭、三船敏郎、石原裕次郎……。我猜想，民眾認得他們，應該與當年戲院流行放映日本電影有關。

雜貨店物品多又雜亂，很難挪出多少位置給俊男美女擺譜弄姿，勉強貼個三兩張算補壁。小吃店可供張貼的面積最大，卻不時遭受煎炸爆炒油煙薰染，不論男女很快便長出鬍鬚色疕。通常能夠讓他們保持美麗英挺的場所，大概要數理髮店。

只是每家理髮店多少會設置幾隻座椅，坐位前各有一面大鏡子霸占，提供張貼明星照的空間自然受限制。於是，吹風機、撢灰塵的雞毛撢子，得請小林旭手拿掛鉤鉤住。店裡大時鐘，則交由淺丘琉璃子捧著。老闆擔心美人兒吃不消，立刻找來留短髮的石原裕次郎，用頭頂住掛鐘底座。

這時候，掛鐘背後往往還會躲個美女，露出半張臉跟隨鐘擺左右擺動，玩捉迷藏。蓄了滿臉絡腮鬍的三船敏郎，十足一個黑道老大，他跨出弓箭步高高舉起武士刀，冷眼旁觀。

理髮店座椅可以轉動方向、仰起角度，方便師傅幫顧客刮臉剃鬍鬚、掏耳朵。碰到沒生意上門，老闆習慣霸住座椅瞇起眼睛吞雲吐霧，模仿神槍手對準鐘擺吐菸圈。同時豎起兩扇耳朵，像聽人家誦經那樣專注，讓壁櫥裡的收音機不斷地放送如何治療喉嚨痛、貧血、痔瘡、腰痠骨痛、敗腎、月經不順，抑或是改善頭昏昏腦鈍鈍、四肢無力、放尿濁濁等各種疑難雜症的廣告。

大概經過一兩支菸的工夫，即配合廣告節奏打起呼嚕，等候客人上門叫醒他。

論認真，店內牆壁貼再多劇照影像，進門的客人看過幾遍就不新奇，翻來覆去搜尋辨認，每個人的眉毛眼睛鼻子嘴巴耳朵，都長得頗為相似。因此進了理髮店，通常最能引起注目，反倒是面前鏡子裡突然映現，且跟著自己身影晃動的那幅蒼白臉孔。雖略帶幾分陌生，總算認識。

幾乎每個客人踏進門檻，習慣會對著鏡子先審視一番，接著才環視牆上那些男男女女。

——原載於二〇一九年四月《聯合文學雜誌》四一四期

兩個咳嗽大王

小時候住鄉下，到處可以聽見咳嗽聲，它算是雞鳴狗叫之外第三種聲音。會有那麼多人咳嗽，主要是人窮衣著單薄，又身處空曠野地，容易遭受風寒侵襲而感冒。

感冒咳嗽流鼻涕打個噴嚏，大家司空見慣，在僅懂得一點細菌尚不識病毒的年代，感冒不至於被列為拒絕往來戶。另外一種咳嗽者，胸腔裡彷彿安裝音箱，隨時能夠聽到它咻咻兮兮喘氣，自拉自唱，便是「蝦龜」。某些長輩上了年紀，入冬緊抱炭火籠取暖，哄著蝦龜打盹，小孫子也會攏過去親熱，所以蝦龜並未被排斥。

中藥店老闆介紹，長期喝一種比糖漿好喝的川貝枇杷膏就行了。問題是狠下心買瓶嘗試，同時讓其他家人用舌尖舔個味道，還不難；若想一瓶接一瓶喝下肚治咳，餵食胸腔那隻蝦龜，全村大概除了碾米廠老闆，誰也沒那麼多閒錢。

好在數來數去，只有每咳一陣即咳出一口黃濁濁濃痰的「氣傷」患者，才會被當作瘟神，連小孩都曉得中止遊戲趕緊避開。村人暗地裡稱氣傷患者是國王，戲台上演過，每逢皇帝或大官出巡，所有人要迴避，這規矩大人小孩都知道。

我家對街的鄉公所，就有兩個課室主管罹患氣傷，被附近小孩子封為「咳嗽大王」。鄉公所辦公廳、走廊、布告欄地上，放置木板釘的垃圾箱收納紙屑之外，特別擺了蓄點水的陶罐痰盂，方便咳嗽大王和其他人吐痰。

其實，很多人弄不懂盂字，因為平常讀寫根本用不著這個字，村人習慣叫它痰罐。我識得痰盂這個盂字，是學校老師教的。後來擺痰盂被認為是生活水平落伍的象徵，才慢慢被拿掉。

沒了痰盂，老師要求學生把痰吐在廢紙上，包好丟進垃圾桶。大家點頭如搗蒜，背地裡照舊偷偷摸摸直接吐向牆角。

現代社會醫學常識普及，誰都害怕身邊有人咳嗽，跟討厭別人靠近你抽菸那樣，避之唯恐不及。以前遇到咳嗽的人，只要對方身材不是瘦巴巴，臉色沒曹操那麼白蠟蠟，就沒人害怕，照樣可以和他緊挨著聊天說笑，斷斷續續地咳，便斷斷續續地聊。

為什麼臉色蒼白的瘦子咳嗽，旁人會害怕呢？那個年代，一般醫學常識總認定對方不單純是嗆風感冒，八成應該患了氣傷，這可是神仙都治不好的絕症哩！

氣傷，正是現代人說的肺癆，早年確實無藥可醫。醫師說，氣傷患者想繼續活命，必須放下工作，多休息少操煩，找空氣好的地方靜養，多吃營養食物以補充體力。每天最好能喝碗豬肝湯，吃一粒生雞蛋。

鄉下患者沒能力天天喝豬肝湯，倒不難找個角落養一窩雞。每天清早到雞籠子撿拾剛落地尚留微溫的雞蛋，肯定是最乾淨最新鮮最營養，把雞蛋尖端戳個小洞，湊近嘴巴昂起脖子將蛋白蛋黃一塊兒咕嚕咕嚕吸進肚腹。一年半載下來，至少精神體力會好些。而母雞是自家養的，家裡有人吃生雞蛋，小孩往往跟著享福，尤其是十幾歲小孩子正要轉大人，最需要營養。

所謂「雞蛋密密也有縫」這句話，還是近十來年選舉次數多了，大家才聽懂。也才知道，蛋黃蛋白雖有一層蛋殼及外殼膜、內殼膜保護，仍阻擋不住細菌入侵。

我們整條街，經常瞧見兩個咳嗽大王輪番把頭探出辦公廳窗口，或站到大門外彎腰駝背地咳得喘不過氣，形同遭人掐住脖子，兩隻眼睛朝上翻，嘴巴鼓脹，臉色一陣紅一陣白，非常嚇人。

那年代，人們對病菌傳染途徑的認知，大多局限於與患者直接觸碰。每每鄉公所下班鈴聲響過，等兩個咳嗽大王離開，整條街小朋友便闖進辦公廳玩捉迷藏，「眼不見為淨」根本沒想到會被殘留病菌感染的風險。

所幸家住外鄉鎮那個大王，任職一年多被調走，使咳嗽雙重奏回復獨奏。剩下這個大王，和我家住同排房子，僅間隔幾戶。不知道他請示哪尊神明指點，求得治咳祕訣——無論春夏秋冬，不管晴雨冷暖，他都利用上班前的清晨，脱光上身留條短褲頭，一手拎毛巾，一手提水桶，到鄉公所廣場東南角落水井邊，遂行治咳療程。

大王先拚命搖動幫浦手把抽出第一桶井水，隨即弓下身子浸濕毛巾，像洗刷桌椅那樣奮力擦拭四肢。第二桶水第三桶水，進行重複動作。接續打上兩三桶水，擦拭胸口及背部，然後改以雙掌舀水朝頭部潑灑。此刻全身已經濕淋淋，大王乾脆將一桶又一桶井水，從頭淋到腳。

連續沖倒幾桶冷水後擱下水桶，扯緊毛巾兩頭拿它當鋸子，往身上各部位拉鋸。如此反覆地沖水反覆地拉鋸，等蒼白身軀變成紅通通的，「灌頂」儀式才算完成。

這種瘋狂療法，教整條街坊鄰居看得起雞皮疙瘩，總有人偷偷地搖著腦袋説，大王中邪起痟了。但經由咳嗽大王這麼勤於嘩嘩啦啦沖刷兩三年之後，原本那連聲咳嗽以及安裝在胸口而不時發出咻——咻——聲響的風箱，果真被冷冽井水沖得消聲匿跡。

動輒聲震周圍的咳嗽大王寶座，終於騰空禪讓，好在往後好多年也沒見有誰繼承王位。

——原載於二〇一八年九月六日《聯合報・副刊》

番仔火枝柴

小時候，壯圍鄉公所後面種了一排大葉合歡，作為公眾庭園與私有田野間的界樁。這種細瘦多枝椏的樹，軟趴趴的，質地鬆脆，根本不禁爬。拿它枝幹打狗或打小孩屁股，往往揮不到兩三下便會斷成好幾截。曾經有人折它做柴薪，卻嫌它不耐燒。

聽說，只有製造火柴棒才選它。因此，我們鄉下人管它叫「番仔火枝柴」。連帶把一些身體瘦弱不禁風寒的男人，都叫做「番仔火枝柴」。

番仔火枝柴會開一種毛絨絨的黃花，淡淡的黃色花球，像剛用肥皂搓洗過再被烘乾，一粒粒爭相在密麻麻的綠葉叢上跳躍，煞是好看。花朵謝了之後，枝椏間很快垂掛起一條條豆莢。

等那豆莢長得老一些時，摘下來從中間掰開去掉豆粒，左右手各抓住豆莢一端，先朝裡聚攏、再急著往外拉扯，在豆莢一張一合瞬間，會發出劈哩啪啦的聲響。在那種少有玩具的年代，這就是小孩子們自製的童玩。

可惜每來一次颱風，番仔火枝柴總要斷手斷腳。鄉公所經常費心補植，每年還是會少掉幾棵，到後來番仔火枝柴就被尤加利樹取代，尤加利樹再被木麻黃或榕樹取代。

最近，我在員山國中校園裡，發現一截粗大卻只剩下半面樹皮層的樹幹，頂端竟然長出一簇青綠的枝葉，一種排列得滿漂亮的羽狀複葉。彷彿記憶中滿臉沾著汗水和泥垢的兒時玩伴，突然變成一名頭髮稀疏的老人，站在面前。

我不禁問起自己，這不正是番仔火枝柴嗎？

學校裡的老師說，這棵大葉合歡樹齡近百歲，類似這種木質鬆脆的樹木，和玻璃娃娃一樣隨時可能粉身碎骨，通常活不長久，全台灣都不容易找到活得如此長壽的大葉合歡。老樹在七、八年前遭颱風吹斷樹幹時，才被發現原來它的樹幹內部早已經腐朽中空，老得不得了，大家對這樣一棵老樹被颱風吹斷，也就不那麼惋惜。

未料，三年前只剩半面外皮層的老樹幹，突然冒出新芽，令全校師生嘖嘖稱奇。無奈一個春天過去，新長出來的枝葉終究敵不過颱風吹颳。大家都說，這回大概沒希望了！

今年春天，老番仔火枝柴又在頂端悄悄地長出新枝葉，學校老師找來兩根木棍釘成一個十字架，穿過中空的半面外皮層，作為那些新長枝葉的支撐，竟然也捱過一個夏天

樹幹空心且失去大半邊的番仔火枝柴，照樣生機盎然。

和一個秋天的風風雨雨。

且不管將來如何，這棵老番仔火枝柴又讓人重新燃起新的希望。學校正在樹旁興建一棟大樓，校長交代不能妨礙老番仔火枝柴伸懶腰，因為它可是孩子們生命教育的活教材。

——此篇文稿原載於二〇〇三年十二月四日《聯合報．副刊》，並選入鼎甲文教出版公司《一〇九年國中良師適康版國文Ⅰ學習（3）》。可惜的是幾經強風大雨摧殘，現今已看不到這棵老番仔火枝柴的身影。

第三輯

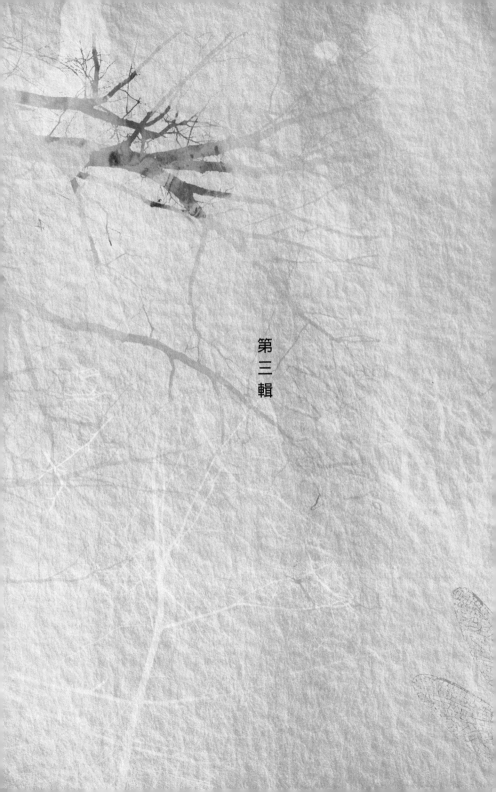

歲月的迷宮

●不曾想到

誰都不曾想到，自己的童年會躲到某條街道某段塗繪著紅線、黃線、白線的柏油路面下方，或是哪一棟高樓底下。

每個人想像及實際躺臥、蹦跳、踟躕過的世界，總是不停地改變，不斷地消失，只有在渺茫迷幻的夢中，偶爾重現。

早年由漫畫書和電視卡通裡學來一點功夫，知道無論扮神仙或裝妖魔鬼怪，即可以闖遍天下無敵手，讓歲月溢滿歡笑且揮灑高興的淚痕。從不曾想到，透過漏壺篩選，最後得打扮成必須天天扛著一個街角，或整棟十幾層樓房的大力士，然後累趴在黑漆漆的地底下，既不見其他人影也不聞救援聲響。

年歲增長，才猛然驚覺任何神仙跟妖魔鬼怪皆領教過老年人的古怪，極不容易相處，進而反覆鬥嘴終至翻臉。彼此不是越躲越遠，便是糾纏一團，弄得鼻青臉腫，難分輸贏。

經年累月積存的故事，彷彿野樹林那樣滋長，老樹倒下新苗滋長。偏偏沒有幾個人是武林高手，能夠輕易穿梭或凌空掠過林間幽深的小徑，甚至將攔阻去路的林木逐一連根拔除，高舉越過遍布白芒花或長滿青苔的頭頂，再奮力拋擲。若真有那樣本事，最後結果恐怕也會把自己摔個零零落落。

畢竟，一輩子歲月當中，不曾想到做到的事兒，實在太多。

●了無跡痕

每天走過的地方，大多平坦順暢。偶爾補個疙瘩或挖個淺淺窟窿的柏油路面，並不礙事，卻不難想見那底層除了石子，依稀疊印著一坨又一坨狗屎牛糞，以及人力車、牛車輪的跡痕。
從包袱巾捆紮的書包裡溜下地的鉛筆、橡皮擦、習字簿，由口袋破洞掉落的玻璃彈珠，還有好不容易止住口水才省下的幾角錢銅板……，而今統統被修修補補的柏油路面掩蓋了。
經過好長一段日子，找了好幾回，都沒看到他們萌出芽杈，探個頭吭氣。就任憑大人小孩的腳掌踩踏，還遭腳踏車、機車、汽車輾過來輾過去。誰都明白，要聽許多聲音，四周必須都很安靜才行，身處喧囂不已的世界，根本無從分辨任何聲響。
最讓人傷感，應該是消失得毫無影跡的青春。啊，歲月真是一把淩遲人的利刃，一種高山大河也阻擋不了的利器。柏油、鋼筋水泥又算得了什麼？所有年輕時立下的大志氣，所有年輕時做的夢，很容易被來無影去無蹤的歲月徹底瓦解，如同一幢幢樓房灰飛煙滅。
只有好奇的孩子會不厭其煩地打聽，這條路通到哪兒？繼續走下去會不會迷路？擔心迷路了就回不了家，那還沒寫好的課堂作業該怎麼辦？

●躲起來寫自己

每個人身上都不免遭受歲月利刃凌虐，留下一些疤痕和皺紋，卻不見得留存多少美好記憶。甚至連疤痕埋藏著的黑刺贅疣，究竟是怎麼蓄積，隔久了便毫無印象。

有說是寫日記可以記住許多故事，又有一說是寫下日記或多或少還能撫平那些皺紋和傷疤。提醒自己哪些該悔過、該感恩、該珍惜。警示自己曾經犯了哪些過錯，又錯過些什麼。

二〇一九年下半年，應爾雅出版社隱地先生邀約，為「作家日記」系列寫了一本《鄉野隨想》，算是拿白紙黑字幫自己和周邊朋友留下一點痕跡，也給越來越孤癖，越來越沒記性的毛病，積存點病歷，供日後翻閱。

平日裡，每一個人都能夠隱藏自己，縱使早就露了餡，照舊可以假裝別人看不到自己。只有日記中的人沒辦法藏匿，至少極不容易。

歲月本是一種凌遲人的利刃，鋼筋水泥又算得了什麼？

誰都不清楚童年會躲到某段街道下方，或是哪棟高樓底下。

●抓耳撓腮

網路通信速度迅捷，把人類脾性掛在褲腰上的手機殼裡，朝前狼奔鼠竄。幾分鐘前才給人傳兩句話，立刻時不時地掏出手機，按鍵檢視對方是否已讀？

嘿，果真讀了。至於是否馬上跟著回話？那得看運氣。

面對大小螢幕，最常瞧見反映出來的自畫像，總是一幅抓耳撓腮猴急樣貌。這也是AI世代，最最普及的眾生相，你我他統統顯露欠缺耐性的面相，給算命先生出道難題。

「你有什麼解不開的心事嗎？」已經少有人如此關切對方，因為對方心裡的疙瘩，正是自己難解的謎團。彼此都在等候對方按鍵回話。

但願樹上那些花朵、鳥雀，天空那些雲彩、雨霧，不要隨著人們起鬨。還有常到巷子頭巷子尾漫步的野斑鳩，繞著屋前屋後閒逛的野貓，不會跟著人們學壞，成天只知道毛毛躁躁咬著自己的尾巴團團轉。

尤其像我這種半調子網友，限定自己守住書房的桌上型電腦，手機功能僅單純接收或撥出電話。遇有需要等待對方「已讀」或回話的事兒，便坐在書堆中枯等，想起太陽下山前外出去走滿一萬步，都會猶豫個半天。

上了年紀，竟然完全忘掉年輕時期書寫信件投擲郵筒的年代。那種沒有辦法站在郵筒前等待對方收信後再回信，必須經由一來一回焐弄個好些天，甚至個把星期，才可能有信息回傳的年代。

面對現實，發現許多事情早都離開了原有的印象和規矩。

●不滑之徒問路

我們鄉下老人會教孩子：「出門不用怕，路就長在嘴上。」

意思是說，到陌生地方搞不清方向，開口問問當地住戶或商家，就不難找到答案。

偏偏現代城鎮居民移動性大，尤其是大都會，你洽詢的對象，往往也是外地前來就業經商者，對所處環境並不熟悉。

因此，搭車前往台北悼祭一位文壇長輩之前，特別在家用電腦查了台北市街地圖，了解需要轉搭哪條捷運，從哪個站上下，再走哪條街拐哪條巷，便可以抵達拈香的殯儀館。

抄錄下來，篤定以為萬無一失。屆時若是走岔了，了不起張嘴讓舌頭去鋪出一條正確途徑。

一切搞定了，凡事豫則立呀！沒料到，轉了兩三趟車，走過幾條街巷之後，馬上分辨不清東西南北。最後一招，只能伸出舌頭去鋪路了。唉呀，此刻才想到，要問人家哪座寺廟哪座教堂哪家公司行號，都好開口，偏偏我要找的是某殯儀館，怎麼問得出口？對方肯定會誤認我是故意觸他楣頭。

只好閉上嘴巴，繼續勞動兩條腿兜圈子，讓中午的大太陽，順著我頭髮稀疏的腦袋瓜溜滑梯，來回地滑過光禿額頭及油亮的顏面。

「路長在嘴上」的鄉下人，深入都會街區竟然像走進另一個完全陌生的世界，張不開嘴巴。更不要怪我誤入歧途，在我面前展開的街巷宛如大榕樹分岔的枝椏，姿態相仿，爭相在輕風中向我招手。

面對每一條看來暢行無阻的街巷，卻可能是背道而馳越走越遠的路徑。我抱著腦袋問自己，該挑哪一條才對啊？

站在路口等待紅燈轉換時，想了想，如今是個什麼世代？陪伴自己的仍是一具老人手機，頑固地當個「不滑之徒」，多走點路，接受點懲罰，似乎不算冤枉！

●紅燈九十八秒

住家附近的六岔路口，遇紅燈就得等待九十八秒。如果不趕時間，暫停一兩分鐘，倒是可以趁機看看路人和周邊風景。

有次騎腳踏車等候綠燈時，突然發現身旁騎機車婦女的前踏板上站著哭哭啼啼的小娃兒，鬧著不肯去上學。我轉頭看他，使他好奇地暫停哭鬧，用含著淚珠的大眼睛盯著我瞧，可憐兮兮地抽泣著。

我問那娃兒，讀小班還是中班？他回我讀小班，媽媽則及時更正，剛升中班了。我拜託那娃兒，請他還是去上課，因為我要麻煩他問問老師，說我這個阿公很想跟他一起到教室上課，可不可以？如果老師答應了，下次等紅燈時，我再隨他一塊兒去上課！

媽媽問他，要不要幫阿公去問問老師？小娃兒大概想到自己有任務在身，趕緊用手掌抹掉臉上的淚水和鼻涕，很快地展露笑容，朝我點點頭。

綠燈亮了，我們彼此揮手說再見！老中小，都高高興興地往前走。

●每年多出幾分鐘

過了七十歲，每年擁有的日子就不僅僅三百六十五天，還會多牽拖出來一些時間。朋友笑我，有這種莫名其妙的想法，難怪讀書時數學老是不及格。

其實，我是以最近幾年每星期前往醫院復健的行程為例，去換算日子的長短。

從我居住的宜蘭市金六結出發，沿著朝東的街道散步，走到員山榮民醫院市區門診部復健治療室，每趟耗費的時間差不多二十五分鐘上下，後來跟著年歲增長，每年都要增加好幾分鐘。

單程需要二十五分鐘時間，是三年前開始留意的。一年之後，每趟行程變成半個鐘頭，且多出來的五分鐘再也縮不回去。於是嘗試加快腳步，卻怎麼使勁也回復不了先前那個二十五分鐘，甚至每下愈況，有增無減。如今換上新的年曆，單程計時已經直逼三十五分鐘。

大家都說，年紀大的人總感覺歲月不饒人，時間比子彈列車快速，形同一條揮舞的皮鞭，分分秒秒在老人的背後驅趕。實在不明白，同樣一個人走在同樣一個路段，踩在腳底下的時間，為什麼變得越來越漫長？

這樣的日常，心底撈撿的歡喜，應該是鄉下人常掛嘴邊的一句話：「人活著，會走會跑，贏過黃金一斗。」

——原載於二〇二二年一月三十一日《中國時報．人間副刊》

老舊的相片

1.

七〇年代以前，任何人要在照片中擔任主角，必須有錢有閒，一般人則淪於奢想。通常成年人首度申領身分證，不得不留下一幅制式影像，那種面對冰冷機器，任由照相師傅像懸絲傀儡那樣擺布操控下，照出來的相片幾乎人人神情呆滯，臉上表情彷彿戴副假面具，連自己事後檢視都覺怪異。

但這麼一張照片，往往是很多人遭時間滾輪給折磨了大半輩子之後，唯一能凝固保存過去的影像。

或許某些人在某一天，難得機緣成為其他某張照片的影中人或小小配角，肯定喜不自勝。畢竟這種「呵，我在照片裡面耶！」的稀罕事兒，僅少數人遇著。掛在鄉下人嘴邊的形容詞叫「有時有陣」、「有年有節」，全靠機運。

因此，哪個家庭辦喜事，哪個男丁當兵退伍，哪位長輩仙逝，總得設法挪點錢，請照相館師傅到場拍下照片，好裝進大廳牆壁的玻璃鏡框。一旦鏡框裡排列五六張、七八張附帶戶外風景的黑白照片，絕對教左鄰右舍羨慕。

相框有層玻璃擋住灰塵霉濕，照片仍然會因暗房沖洗技術影響或長期展示結果，畫面陸續發黃褪色。但只要畫面足夠分辨個輪廓，仍然引人驚喜，請主人按圖索驥說出一則又一則精彩故事。

鄰居和親朋戚友看到照片，通常不管畫面鮮明或褪色模糊，人物景致熟識或陌生，總會仔細端詳，必要時屋主還找來放大鏡搜尋檢視，讓每個人滿足好奇心，覺得自己因此長了見識，也促使彼此情誼更為貼近。

影像中最常見的鏡頭，通常是屋主人及其他男丁年輕入營服役時，剛剃光頭髮穿上野戰軍服所拍下的「光榮入伍」呆相，與隔個兩三年臨退伍前換套光鮮筆挺外出軍服，頭戴軍帽的帥氣英姿。

這類半身照，大多刻意把影中人歪斜成某個角度，不同營區不同照相師拍攝的相片，皆難逃類似傾向。我聽一位老照相師傅說過，從某個角度取景，避免拍出影中人的木呆傻相，也才足以展示年輕軍人那股英挺氣概。

2.

精確點說，如此取景應該屬某個年代的流行趨勢吧！

類似現代人原本喜歡買褪色磨蹭過的牛仔褲，近年來則必須戳撕幾個破洞，裸露比身上任何部位都白淨的大腿肉，拱出膝蓋，才叫流行。

這和過去完全不一樣。以前鄉下孩子少見世面，穿上自認為最新最乾淨的外出衣褲跟隨大人走親戚，一旦邁進對方大廳，總不忘拉扯祖母或媽媽衣襟，盡量閃避迎面而來的這個公那個婆、這個叔那個嬸，深怕對方瞧見自己衣褲曾經破損，且一再修補的補釘。

好在靦腆害羞壓不住好奇心，仍會不時探頭，小偷般地睜大兩粒眼珠子，賊頭賊腦地打轉轉，搜尋牆壁上是否掛著字畫或相片。縱使只找到一兩張主人家留下的長輩遺照，也要多瞄幾眼，好像被那些早已亡故的先人施了吸睛魔法。

放大裝框掛上牆壁的照片，黑白黯淡的影像中摻染著微黃色調，忠實記錄了歲月流逝的跡痕，使它們看起來比長年居家的土墼牆、石灰壁、木板堵，更顯蒼老。

照片主角，若是身穿唐裝衣衫正襟危坐，神情看來非常嚴肅端莊的老人家，無一不是全家人的「太」、「祖」輩老祖宗。他們端坐的太師椅油亮沉穩，傍著雕花茶几古色典雅。茶几上擺放釉瓷花瓶、老花眼鏡、摺扇，偶爾會出現升起一縷沉香的銅爐，忙著幫幾本線裝古冊去除霉味。

後來，我知道這些座椅茶几及擺飾，全部是照相師拍照後，再以圖繪手藝所添加，卻照樣吸引我去瞧個仔細。

看著看著，竟然發現自己與這些未曾謀面的長輩，似乎有過一面之緣。於是，把兩隻手反剪背後，神情篤定且不自禁地來回踱步，十足一副探討地方文史的學究模樣。

我祖父、外祖父走得早，我出生之前就失去老人家身影，憑我如何想像或照著其他長輩面相揣摩，依舊無法拼湊出一副完整容貌。懊惱之餘，想到的正是缺少那麼一張能夠掛上大廳牆壁的照片呀！真遺憾。

所幸，祖母等到我進初中才離開，家裡保存著老人家兩張黑白照片；而裹著小腳的外婆則屬百歲人瑞，從黑白影像趕上彩色影像時代。我曾經幫外婆拍下好幾張生活照，包括她過了九十歲還持續親手縫製弓鞋，手持拐杖走到社區活動中心投票等等鏡頭。

任何家族若處於缺乏影像可資追遠憑弔的窘境，恐怕只能退而求其次，將手邊任何寫著字畫著畫的，無論紙片、木板或石塊，統統變成讀本。

譬如掛在老屋門楣那一小塊寫明戶長某某的「家甲牌」，神明供桌旁的祖宗牌位，皆不例外。尤其官方印發的「戶口名簿」，自己姓名底下的父母親欄位，以及父母名下的祖父母、外祖父母，那些橫豎勾提彎撇捺點各種筆畫，攏總可供人收納到腦袋記憶體的長輩影像。

我每想到不曾見過祖父外祖父，第一個動作便是拉開存放舊證件、舊單據的抽屜，翻找那份被蓋上紅色作廢戳記的「戶口名簿」。它從四十年前開始使用，直到十幾年前更換電腦作業版本，才遭官方認定作廢的無效證件。它，對我家族而言卻是無價之寶。

3.

至於一些陌生人留在相片裡的活潑身影，有時也滿吸引我注意，把它當作故事書去讀它。

例如在學期間，流傳到學校公告欄的海報，一個大美人撐著花傘站在戲台下的影像，很多人睨一眼就掉頭，我則盯住她好久，猜她是宜蘭英仔歌仔戲班的藝旦。藝旦必然經常演戲，台上台下肯定都有戲文呀！

還有那個叫流氓慶仔的小混混，不知道怎麼唬弄街上照相館老闆，借他整套西裝人模人樣地穿上，照了相片且放大裝框，擱在玻璃櫥窗招攬顧客。或許連流氓慶仔自己照鏡子，都認不得那個櫥窗裡的黑狗兄，到底從哪兒冒出來。

我在老家書櫥翻出父親留下的十幾張老照片，多數是老人家年輕時跟壯圍鄉公所同事的合照。影中人個個表情嚴肅，確實符合早年公務員和知識分子該顯露的莊重，但穿著服飾卻教人百思不解，看來有點滑稽。

其中一張，是十幾個鄉公所員工或坐或站地在廣場花圃合影。竟然分別穿著西裝、唐裝、中山裝、日軍軍服等數種不同服裝，腳踩皮鞋、布鞋、日式夾腳木屐，及四個腳趾與拇趾分開的膠底鞋，甚至出現小腿纏裹綁腿，酷似即將奔赴戰場的軍人裝扮。

父親說，那是台灣光復初期拍攝的照片，大家手頭緊，有什麼穿什麼，只要衣著整潔沒破損便不致招人異樣眼光。尤其農村普遍窮困，想穿套走得出門的行頭頗費心思。好多數公務員就那麼一套外出服，必須把握星期天休假，脫下身上那套寶貝衣褲清洗，趕緊曬乾或用爐火烘乾，然後拿裝填燒木炭的大肚子熨斗，慢慢熨平整。

家住鄉公所對街就有個好處，絕對比其他村莊的孩子有機會認識許多人，了解許多事。

面對這些我邊成長邊認識，開口叫伯伯叔叔的長輩們，眾多熟悉身影之間，仍不乏

光復初期壯圍鄉公所員工上班時，還各自穿著西裝、唐裝、中山裝、日軍軍服等
不同服飾。

陌生面孔。我常攜著照片到處請教上了年紀的鄉親，希望從他們記憶中，爬梳拼湊我兒少歲月積存的些許印象，好牽引出更多故事。

喏，影像中歪斜腦袋那位帥哥，是愛喝酒的建設課長。他每喝必醉，醉了還堅持跨上腳踏車，歪歪斜斜前行，時而倒地扶起來再騎，反覆磨蹭了兩三公里路回家，第二天一大早卻能照常簽到上班。

隔著漫長歲月，回頭盯住老照片，心裡不免起疑，真是這樣嗎？這穿著正經八百面對鏡頭的長輩，怎會是那個醉顛顛的「見笑課長」？

至於身穿日軍制服的主計員，是這條街的老住戶，鄰居幾個玩伴要叫他屘叔仔。我家則晚了好些年才用牛車拉過來，買到他隔壁的房子。主計員叔叔愛找同事和派出所警察到家裡打麻將，我們幾個兄弟晚間窩在燈下寫作業時，不管國語、算數、歷史、地理、自然、公民，連同畫張圖畫唱支歌謠，統統摻雜了隔著木板牆傳來的嘩嘩啦啦奇奇咯咯的音響，宛若唱遊課的伴奏。

有些長輩任職期間短，我拿著照片問來問去還是找不出答案，某些存放腦袋瓜裡的陳年往事，始終無法尋得主角配對，實在莫可奈何。面對如此窘境，相信任何人都要長嘆一聲可惜！

4.

照片容易褪色，甚至滋生霉點斑剝脫落，在在是歲月塗抹碾壓的跡痕，可它依舊是真正能夠跟別人交流情感，最貼心最麻吉的精靈。

什麼人？做什麼工作？幹什麼職務？在什麼地方？處於什麼年代？經歷哪些悲歡離合？許多問題不一定有文書卷宗與電腦檔案提供謎底，唯有從某些個人殘存印象或老舊相片中，去尋得些許蛛絲馬跡。

過往的老面孔老場景，一旦拿故事去勾串連接，便像早年露天放映的啞巴電影，沒聲音沒對白字幕，當然不排斥以自己的想像添加補白。若是以現代科技拷貝轉存手機或電腦屏幕時，可以讓影像中所有人物起死回生，重新歡笑説話、歌唱跳舞，眼下我們這些存活的人，感受必定不同，對日常生活經營應該會更加有聲有色。

不同世代自有不一樣的思維邏輯。現代人比較活潑，看多了美化過的影像，很快想到該如何炫耀自己才藝和尊容，舞動美妙姿態。單就網路裡四處是密匝匝影像，每個人展示各種表情，裸露身體肌膚，吸引他人目光，即可瞧見端倪。

隨時隨地有人拍照，隨時隨地有人刪除照片，不斷張貼又不斷刪除，不斷刪除又不斷張貼。

彷佛每個人張開四肢，學那附掛著很多勺子的輪轉大水車。只要水流動，它即持續轉動，輪番地讓每個勺子舀滿水，又輪番地將水逐一傾倒，不停地舀起又不停地倒掉，周而復始。

因此，現實或記憶裡的影像到底是否遭剪裁、刪除，被修補、添加？越來越難辨其真偽。大概只有手邊或牆上鏡框裡的老舊相片，讓人覺得過往的日子確實存在。

——原載於二〇一九年十二月二十四日《自由時報・副刊》

一張稿費單

早年報刊發稿費給作者，不作興直接匯入作者存款帳戶，大多採郵局畫撥寄匯票方式。初習寫作的人，偶有作品刊登，往往會把「撥款通知單」留下來作紀念，我在十幾歲開始投稿階段，自不例外。

後來，稿子越寫越多，接到的稿費「撥款通知單」也越來越多，自然不再覺得稀奇，總是隨收隨扔，連同早年收存的也不知塞到哪兒，只有一張被我刻意留存，一直捨不得丟。

這張不及半張鈔票大小的撥款通知單，是民國五十一年十二月中旬皇冠雜誌社寄給我的，稿費金額只有六十元。這是當年夏天我高中畢業前，以〈夜街，外一章〉為標題寫了一篇散文投寄《皇冠雜誌》，文章在十月一日第一〇四期刊出後所獲得的稿酬。

通知單背面的通訊欄寫著——

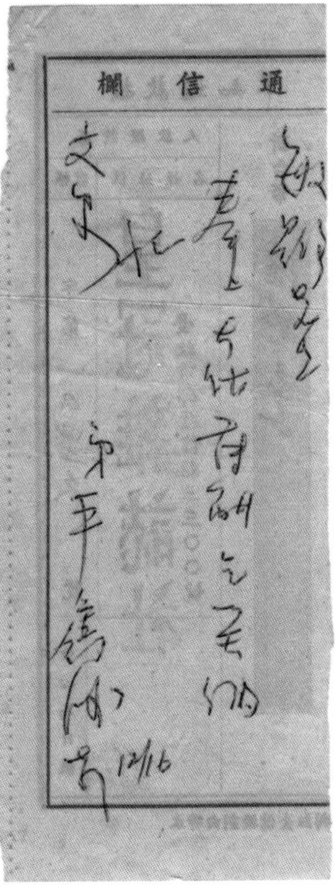
通信欄

皇冠發行人平鑫濤先生親筆在一個高中生的稿費單上留言。

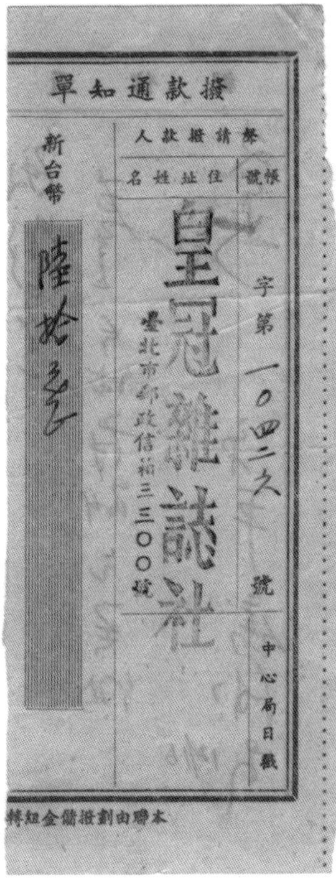
撥款通知單

發請撥款人

帳號 住址姓名

皇冠雜誌社
臺北市郵政信箱三三〇〇號

字第一〇四二六號

新台幣 陸拾元

中心局日戳

本聯由劃撥儲金局…

一九六二年十二月皇冠雜誌稿費單。

敏顯先生：
奉上大作薄酬，乞笑納。
祝
文安

弟平鑫濤敬上　十二月十六日

一個嘗試寫作投稿的高中生，習作竟然獲得知名雜誌的青睞，雜誌發行人還親自在稿費單上留言，當然是很大的鼓勵，便讓這張通知單在幾個初初練習寫作投稿的同好間傳閱。幾個大孩子在分享喜悅之餘，免不了彼此嘲弄笑鬧，於是常有人在傳遞書本或物品給我時，故意高聲朗誦一句「敏顯先生、乞笑納」作為戲謔。

等到我緊接在第一〇五期《皇冠》刊登新詩〈沉思的船〉、第一〇六期刊登散文〈森林夢〉、第一一一期刊登散文〈小鎮〉，一番密集安打，且每篇刊出時都插配著漂亮的圖片，模樣絕不像是一名高中生的習作，儼然具備了名家作品刊出時才有的格局和氣勢，大家才不再「敏顯先生」長、「敏顯先生」短，「笑納」這個、「笑納」那個地嘲弄我。

雖然同一時期，自己也曾在《文壇》、《幼獅文藝》、《野風》等刊物陸續發表習作，但平鑫濤先生在這張小小稿費通知單上所留下的幾個字，對我這個剛踏進寫作門檻的大孩子而言，無疑給了不小的鼓勵和動力。

現在回想起來，也許平鑫濤先生在當年只是基於刊物經營者的用心，或一個主編人的禮數，順手在稿費單上寫下幾個字。相信他一定沒料到，就這麼幾個字，卻影響了一個剛從高中畢業的年輕孩子，持續了近乎一輩子的筆耕生涯。

幾十年過去，我一直沒有機會認識平鑫濤先生，當然還欠著平先生一聲謝謝！

——原載於二〇〇六年四月《文訊》

一張電話卡

一九九二年秋天，首次到日本旅遊。朋友說，口袋裡的萬圓面額日幣，可利用電話卡販賣機買卡找零，如此身上不但有較小額的錢幣運用，只要遇到金色面板的公用電話，就能夠持卡撥國際電話。

奈何飛機降落福岡機場已近深夜，大家匆忙趕著前往飯店，不便單獨留在機場買卡打電話。

走進飯店，發現小小的櫃台僅一人服務。對方卻耐心地聽完我用單字拼湊的日語，鞠躬表示了解來意後，即從抽屜裡拿出幾張用橡皮筋捆束的電話卡，抽出其中一張，用雙手送到我面前，再從我手中接走萬圓大鈔，找給我九張嶄新的千圓鈔券。

過程中，他不停地鞠躬和說明。最後還優雅地擺出一個「請」的手勢，告訴我公用電話就在距離幾公尺的大門邊，正是我剛走進來的地方。

當我拿起話筒，同時發現一件幾乎不敢置信的事兒——緊靠著電話機旁邊，便是一台自動販賣電話卡的機器。

我想，這種情況如果發生在台灣，恐怕任何商家都會要我直接到電話機旁投幣買卡。肯定不會大費周章地在櫃台準備一疊電話卡，還要左鞠躬右鞠躬為客人找零，引導客人。

年來年去

1.

自古以來，年是傳說中相當凶猛的一種獸。

我們人類吃五穀雜糧，而這隻滿口獠牙的猛獸，最愛吃的卻是人們每天要過的日子。

誰都知道，任何生命全靠一個日子一個日子砌築起來，必須像挑撿零散的瓜果和酥餅、石頭和磚塊，小心翼翼堆疊。結果，經常被年來年去啃得一點不剩。

年獸凶狠，好在牠對某些事物還有所顧忌，特別怕紅色、怕強光、怕巨大聲響。人們知道牠要來，會在自家門口張貼紅聯，往長輩及小娃兒身上揣紅包，甚至沿街敲鑼打鼓燃放鞭炮，教年獸心驚膽跳地避開。

可萬萬沒料到，明裡暗裡牠照樣邊走邊把大家的日子，一口又一口地咀嚼吞嚥。

有些人比較認命，會摀住眼睛和耳朵，儘管心底害怕或悲傷，總持續提醒自己，只要日常能守住幾個平順歡喜的日子，比過年重要。我滿認同這種看法，因為日子無論好壞天天得過，不妨將年來年去當作個段落，當作臨時喘口氣歇歇腳的台階。

尤其按照現代人生活規範，我們在很短時間內會連跨兩個年——新曆與舊曆，兩隻孿生年獸幾乎同時張開大嘴巴，虎視眈眈地瞪著我們，確實嚇人。

早年，鄉下的叔伯長輩種田種菜做小買賣，或出遠門辦個尋常事兒，通常得先從心底求個安穩，去翻閱老祖宗流傳下來的護身祕笈《農民曆》，看流年。看哪個月哪一天適合開光祈福、嫁娶入宅、動土殮葬、酬神齋醮；哪個日子逢月破大耗，吉喜喪事均不取；再細探究會沖到什麼年紀，煞到什麼方向。

輪到我的世代，夾在老前輩與成長於科技時空下的兒孫之間，日常行事必定有加有減。比較實際作法，先查星期幾，是否遇著節慶假日，有無預定行程，然後聽聽氣象播報。偶爾好奇去找《農民曆》翻閱，泰半是回想起媽媽和外婆在世時那份認真。雖無須照單全收，多少總能留個思親懷舊的慰藉。

我從小算數不靈光，幾個手指頭扳來撥去，始終扳不出幾位數，乾脆打年輕時就不太去算計年來年去過了多少日子，更刻意忘掉哪一天生日。這麼做，最大好處是縱使過再多的年，也不一定記得自己到底累積了多大歲數。

其實，人上了年紀，要過少些煩惱的平順日子，不外乎——想做什麼？快做。想說什麼？快說。要寫要畫，趕緊拿出紙筆掀開鍵盤。若想吃喝想唱歌，得張開嘴巴。縱使單單做個荒唐的夢，還得及時。

但對年輕人而言，新年滿懷新希望，很快有個三百六十幾天嶄新的日子等在面前，趁著年獸剛剛填飽肚子，呼呼大睡期間，好好規畫未來。

所以這隻年獸，應該沒想像中那麼可怕。

大多時候，年是一隻善於模仿耍把戲的獸。牠有時變成彩繪師，有時變醫美專家，幫頑皮的醜小鴨轉化成帥哥美女。還自以為是雕塑大師，將許多人原本光滑細嫩的顏面和英挺俏麗的身體，刻畫出許多紋路或胡亂添加肥厚脂肪。

我在想，年獸對自己長相同樣滋生煩惱。前年牠曾經裝扮成猴子，去年則是到處打轉咯咯啼叫的大公雞，馬上又要從一隻獒犬變胖嘟嘟小豬或嘴裡竄出獠牙的山豬，然後縮小變老鼠，膨脹變野牛，發狠變老虎……

且莫管年獸妝扮什麼模樣，牠常學苦行僧沿門托缽，學來無影去無蹤的煙雲飛過。牠照例由這村繞過那村，挨家挨戶搜尋，纏住每個人黏來黏去，從未疏漏。不論皇帝或百姓，天才或鬼怪，牠教任何人都弄不清楚——自己這一輩子還能剩餘多少日子。既然任誰都逃脫不了年獸的爪牙，大家就無須求饒自憐。好好過每一天，少去惹牠便是。

2.

住新竹的外孫，讀小學四五年級時特愛寫毛筆字。

有一年歲末，我買回幾張紅紙供他揮毫。他寫「春」寫「福」，寫了組合的「招財進寶」之外，不知道打哪兒學來，還寫下「好書相伴」「筆墨飄香」對聯，外加「平安吉祥」橫幅，讓我張貼書房門口。

張貼之前，他將那些字句平鋪晾乾，自己則雙手合十盤坐一端，說是為驅趕年獸的聯對祈福加持。姑不論小孩兒能蓄積多少法力，善良的心地卻可愛無比，年獸瞧進眼裡肯定心軟，縱使不情願也得迴避。

年來年去，小孩子一天天長大，學校課業壓力越來越沉重，日常生活與興趣跟著逐漸轉移。過個年，再過個年，等他當了中學生，幾乎忘掉提毛筆寫字寫春聯這回事。他開始用鉛筆、原子筆、彩色筆畫畫，畫最多是人物，又畫變化多端的機器戰警，畫耀武揚威的恐龍。

我家中的最高領導，從年輕開始即練就一手好字好畫，奈何許多年來領導得兼任主廚，再兼室內清潔工、庭院花木的園丁。每天燒飯、洗衣、清掃、除草、澆花，實在忙得抽不出空檔寫字畫畫。

年來年去，我通常會翻找送進信箱的夾報紅聯張貼。開始沒在意印製贈送者究竟是哪個單位，哪個官員或民意代表。只要紙質好、顏色正統、字體端莊，便貼上門柱。

某年新春，四處走春的朋友抬頭看我貼在門柱的紅聯，直言：「如果你不貼這張聯，我還真猜不出你是藍是綠哩！」

嘿！春聯不就是紅底黑字或紅底金字嗎？哪會沾染什麼其他顏色？

朋友指了指紅聯末尾幾個小字，我仔細瞧才悟到，他竟然拿「恭賀新禧」之外那行由誰印贈的字，評斷起我這屋主偏藍偏綠，投黑靠白。

十幾年來，台灣這塊土地遭各種黨派角頭強行瓜分，已被撕扯得四分五裂，而今竟然連個普通民家過年貼張紅聯，都要有所顧慮。

經友人點醒後，年終歲尾即避開所住選區內官員民代所贈送的，改請鄉下其他選區的親友，找了一張沒有黨派色彩的紅聯張貼。

年獸肯定會怕小孩子書寫的春聯。

未料，隔些日子開門迎客，竟看到來客一臉尷尬地盯著廊柱那無黨無派的「大家恭喜」說：「沒想到你跟我鄉裡選出的這位老兄是朋友，他連任好幾屆全靠花錢買票，呵呵，上上屆我參選時，就輸在他的鈔票！」

天呀！經他這麼說，我猛然驚覺紅聯署名的主角，確是好幾年前擊敗來客而在本屆又獲連任的議員。

我趕緊解釋：「我並不認識他，聽鄉下親戚說他無黨無派，才順手貼上，你別介意。」

從此之後，每逢新年貼紅聯必須另謀他途，利用年前換新鈔機會，索取銀行所贈送的。銀行畢竟處處堆滿錢財，印送的紅聯大多以紅色亮光紙燙印金字，遠看近看全輝映著紅艷艷金燦燦的光彩，喜氣中夾帶著財氣，任何人看了都歡喜。

沒想到，附近一位警界退休的鄰居遛狗經過瞧見，好意告訴我說：「近些年詐騙偷盜案件頻傳，張貼這種顯示自己是銀行老客戶的聯對，很可能像招蜂引蝶的花蕾，招惹歹徒注意哦！」

真是一語驚醒夢中人，爾後過年如果家中領導和外孫仍然無暇提筆書寫，我大概只能設法去找理髮工會、王公廟、泥水工會、計程車行、果菜市場等地方印製的紅聯張貼。

我甚至想，如果有什麼丐幫或街友聯誼會等社團印製的，更是上選。去了年又來了年，黏來黏去。面對這樣的獸，誰也無所遁形，誰都敵不過！真傷腦筋。

——原載於二〇一九年二月四日除夕《聯合報．副刊》

四十幾年前那個文青

有隻小鳥成天在籠子裡跳上跳下，吱吱喳喳叫個不停。鳥籠就掛在野地裡一棵大樹枒杈，讓牠以為生活在半空中，藍天綠地都歸牠。

三十歲前後，人生最最黃金閃亮的歲月，某個職業軍人正酷似那隻鳥兒，未佩槍沒穿軍服，只顧啄食文稿編輯桌上的成堆穀粒。

這個他，能夠如此幸運，該歸功於十五歲開始愛上寫作，充當文青寫個不停。散文和詩常見於各報刊雜誌，拿了一兩個小獎，光啟出版社還出版他第一本散文集。大概是這麼些許成績，被陸軍總部從新竹埔頂新兵訓練中心調到台北，負責創辦編印一張四開套色的圖文周刊。

隔一年多，他跟著陸軍總部搬往桃園龍潭大漢營區，從小說家符兆祥手中接下陸軍出版社文藝叢書主編工作。繼續與民間及軍中作家聯繫，請他們提供作品列為叢書，或撰寫單篇作品在選集刊出。印象中，包括了：司馬中原、鄧文來、李冰、任真、呼嘯、公孫嬿、黃信樵、汪平、陳司亞、黃進蓮、鄭傑光、孟浪、金劍……

那幾年，辦公室和四樓宿舍面對大漢溪流域一大片間雜著茶園及樹林的荒野。每天上下班交通車只到台北新店，他要回宜蘭還差了很長一條彎彎拐拐的北宜公路。

於是這個文青學禪修僧人，把風雨聲關在窗外，窩居燈下讀書寫稿。遇到適合散步時刻，才讓腳步深入曠野。身處野地，人容易走神，經常懷疑移動腳步者並非自己，呵！儼然一匹荒野之狼。

當時印行很多作家散文集的水芙蓉出版社，透過朋友邀稿。他提供六十多篇小品，以《靈秀之鄉》作為書名印行。封面水彩畫和目錄、各卷首頁的鋼筆畫，全是連夜趕工。那個年紀除了寫作，似乎對自己畫畫本行仍未忘情。確實要帶點「臭奶呆」，才有這股衝勁。

在鉛字排版印刷的年代，搭配插圖頂費事。必須另鑄鋅板再與文稿一塊兒拼湊才印得出來，不小心便把緊鄰字句擠得橫躺側臥，甚至翻跟頭。於今回顧，倒有些特別滋味。

至於幾十年前那個文青，一路走來早已蛻變成在宅老人，能不停敲打電腦鍵盤持續寫書，更將版圖擴張到短篇小說，算是自得其樂吧！

——二〇一八年十月文訊雜誌社主辦的第三十屆「文藝雅集」，邀請三十位資深作家分享個人三十歲前後人生歷程或創作方向的重要轉捩，出版《菁彩三十‧風華相會》專刊。筆者跟在隊伍後面，寫了一篇〈四十幾年前那個文青〉充數，也為自己留下一點回憶。

一個老文青的回憶

就文學創作環境而言，宜蘭在一九六〇年代之前仍屬偏遠的後山。青少年嚮往寫作，得從幾家書店和藏書有限的學校圖書館去探索，或異想天開地結合同好自編刊物，企圖闖出一片天地。

偏偏那天地並非窮鄉下文青所能任意遊逛，因為凡是與大學聯考範圍沾不上邊的，只能偷偷摸摸去追尋。結果，跟某些同學愛寫情書追女生，某些逃課去打撞球那樣，我從高一開始即和同好陸續創辦主編過兩三種油印刊物及一份鉛印期刊。

一九六一年六月我讀高二，在救國團《團務通訊》寫了一篇〈青年刊物在宜蘭〉，指出全縣每月有二十多種年輕人自行編印的刊物。其中以我在一九五九年底創辦主編的《旭光文藝》，算最老牌，接著與羅明河、潘秀明一起編了鉛印成冊的《蘭苑文藝》，發行範圍甚至遠及澎湖馬公。撰稿作者有，朱橋、鄧文來、陌生人、孫虹、吳柳彬、台南林佛兒、馬公吳勝國，台北鄭時雄等。

其他單張雙面油印期刊，大多為校內班級刊物，僅少數作校際間交流。分別有：羅東中學《中流》、《蓓蕾》（由我主編）、《波濤》（由曾任《聯合報》副總編輯唐經瀾主編），宜蘭中學《洪鐘》，宜蘭農校《映波》、《天鵝》、《生命》、《森濤》、《激流》、《小茅屋》、《幽冥》、《思齊》、《雄獅》、《雁音》、《啟文》，蘭陽女中《蘭女青年》、《蘭園》、《綠園》，基隆水產蘇澳分校《海鷗》、《寒星》等。

所謂油印，是先將特製的蠟紙擱在鋼板上，拿針筆一筆一畫地刻寫文稿或插畫，然後透過油墨滾輪印出。而蠟紙、針筆、鋼板、油墨、滾輪與印刷機組，全係日本製品，通常只有學校和公家機關才備置，用以印刷考卷、講義或公文書。

我家住壯圍鄉公所、鄉農會對街，有一兩年農會、民眾服務站借我家客廳當辦公室，搬離時留下一塊舊鋼板。阿嬤看中鋼板密布著突出的細小顆粒，想拿它磨刀，我趕緊敷上一層點燈火的煤油後，裹上舊報紙藏起來，沒想到進高中編刊物時立刻派上用場。

單張期刊沒有封面，像報紙那樣只有刊頭與版面設計，很多人曾經問我《旭光》版面白紙藍色字，而刊頭及周年慶等字樣，如何套印成朱紅色？

我說，六十年前的鄉下學生身上幾乎沒零用錢，無法找刻印店刻個刊名圖章，只好

用鋼板刻蠟紙油印的《旭光文藝》月刊。

跟腳踏車店討塊廢內胎，拿毛筆寫上旭光二字，乾透再沿字跡邊緣剪下；跑到木匠店撿個木塊，把剪好的兩個橡膠字塗抹補胎黏膠緊貼木塊，便成了一顆類似公家機關的大印。

拿碎布沾紅色印泥，均勻地塗抹在大印章那兩個字上面，逐一蓋在印好的刊物上就是套色刊頭。周年慶字跡，則以半張蠟紙刻寫後蒙在刊物上，同樣拿沾有紅色印泥的碎布，輕輕刷過即可。

這些油印刊物的壽命，通常僅能撐個一年半載，卻讓我的寫作愛好撐了整整一甲子歲月，寫下自己想寫的十幾本散文和小說。

回想這一路顛簸，而能持續地編寫，真得感謝主編過《幼獅文藝》的朱橋先生。朱橋本名朱家駿，一九六四年主編《幼獅文藝》之前，是宜蘭地區早年文學創作及期刊編印推手，也是最大功臣。

一九六〇年代初期，宜蘭救國團將他從金六結陸軍通信兵學校借調來擔任文教組長。身邊幫忙的只有幹事常德闊（筆名常常），與在宜蘭機場空軍氣象站服役、擅長寫邊疆小說的鄧文來。

朱橋先則創辦主編《青年生活》，後來改稱《青年雜誌》，創刊初期係單張摺頁，很快拓展成冊風行全台。這期間，我和羅明河等幾個喜歡寫作編刊物的高中生，會利用每星期六中午放學，書包裡帶著稿件、針筆和鋼板，到他辦公桌邊打混。他編鉛印全國性雜誌，我們則用蠟紙刻寫編印小期刊。

高中生初習寫作，發表園地有限，不得已開荒拓墾，從沒想到因此影響了我一生。軍校時期讀藝術系，職業軍人生涯的頭兩年忙於訓練新兵之外，其餘時間都在陸軍總部編印周刊及文學叢書。退役後，不論擔任教職，報紙副刊編輯或記者，幾乎不曾離開寫作和編印出版品。

不久前，應邀到佛光大學中文系上課，黃憲作教授看到我收存的一份五十年前剪報，相當驚訝。這份剪報是一九六九年元月《幼獅文藝》刊出的「南方澳之旅」專輯。

我告訴黃老師，活動日期正是《幼獅文藝》主編朱橋剛離開人世一個多月，代理編務的羅明河承續他遺願，帶著包括蕭蕭、辛牧、施善繼、陳韶華、王憲陽、黃癸楠等一批年輕寫手，冒著寒流大雨天氣到宜蘭，由我向軍中借來一輛中型吉普車，載大家前往南方澳。（先前約好的喬林、呂大明、方明漪幾個寫作朋友，則因為雨勢大以為行程中止而未趕來。）

黃老師說，在那麼早那麼艱困的年代，已經能夠有計畫地邀請台北都會一些詩人跟作家，遠來宜蘭實地踏查、書寫文章製作專輯，登上全國性文藝刊物，實在不簡單。

——原載於二〇一九年十二月《幼獅文藝》七九二期

悠遊的水域

有一條蜿蜒流動的溪河，四十年來提供了文學愛好者和寫作者非常寬闊的水域。在華文文學國度裡，「九歌出版社」真是條大河。許多作家在那兒出書，同時翻譯了不少國外名家著作。使水域裡不時出現噸位龐大的艨艟巨艦，出現浪漫豪華的遊輪，還有飛快行馳的快艇穿梭，更不乏人力撐槳划行的小船遊逛。

曾經想像自己是一艘載甘蔗、載河沙、載稻米青菜，偶爾出租讓人在端午競渡的駁仔船；曾經想像自己是用三塊木板訂製的舢舨仔，堆疊幾隻竹編的魚笱，自由自在地沿著水岸邊定置誘捕魚蝦螃蟹。更多時候，自覺只是隻比腳盆略大的鴨母船，四處撒開手抡網或暫泊淺水處摸些蛤蜊。

反正不管船大船小，重要的是能夠想像自己成為水域中的一員。

數十年來面對大片開闊的水域，我這個鄉下人仍保持舊有習慣，把它當作年輕時流連徜徉的溪河，不時漂浮於碧波之間。於是我看到張曉風，看到余光中，看到張秀亞，看到琦君，看到了司馬中原，看到了周芬伶，看到了龔鵬程……。然後又遇見廖玉蕙、林文義、向陽、邱坤良、阿盛、周志文、蕭蕭、吳明益……，以及遠到的張賢亮、阿來、劉震雲、北島。

其間曾有幾個洋人朝我探頭過來，當中以聶魯達、海明威、萊辛、愛特伍幾位比較容易親近；至於喬伊斯，確實難纏。人都有其個性，作家更是如此。我們不得不承認，很多時候作品寫得越古怪，越讓人莫測高深，越是別具魅力。

至於《雙面葛蕾斯》、《女祭司》、《盲眼劍客》、《末世男女》、《瘋狂亞當》，以及《從月亮來的男孩》、《同名之人》、《理想丈夫》、《浮世畸零人》，同樣搶在接生他們的作家前頭，擠到我眼前。有笑瞇瞇找話題攀談拉關係的，有死纏活賴巴住我不放的，有橫眉豎眼要我攤牌的。

我說我記性已經不太管用，讀得再多肯定消化不良。他們依舊蠻橫，認定我學那詐騙集團盡找藉口。拉扯結果，我只能豎起白旗，連到醫院進行肩頸部復健，到各機關會議廳或法庭旁聽，都由他們陪同。如果不這麼安排，他們便利用機會盜取我的睡眠，甚至搶奪其他工作時間。

另外，每當我讀到九歌年度選集，總要把它與宜蘭平原曾經有過的「彩船遊河」熱鬧情景合著聯想。在電視機尚未出現的年代，宜蘭河端午節賽龍舟，還會由民間集資舉辦「彩船遊河」活動。

活動展開時，人們先將兩艘駁仔船並排綁在一塊兒，上面搭木板平台讓戲班充當表演舞台，平台四個角落豎竹竿，搭起棚架遮陽遮雨。早年沒塑膠布可用，即割來茅草夾成草屏，一片接一片覆蓋棚頂。然後繫上各色氣球，以及花布剪裁的彩帶和結紮纏繞的彩球作為裝飾，使這種類似鄉間茅屋的活動彩船，比地面上搭建的戲棚要華麗千百倍。能獲邀上彩船表演的戲班莫不引以為榮，傾全力演出。

彩船遊河熱鬧的不僅整條河道，不僅河兩岸，連沿河流域的村莊都像大拜拜趕廟會，像有錢人家辦嫁娶那樣熱鬧滾滾，每個人胸腔皆伴隨鑼鼓和歌聲起伏彈跳。扶老攜幼帶著飯糰、粽子，在太陽下或雨絲中走很長一段路，全為了觀看戲班那些小生阿旦和小丑，究竟憑什麼本事在腳底漂浮晃動的船板上扮演薛平貴與王寶釧，扮演孫悟空與牛魔王？心地良善的叔嬸們，甚至擔心王寶釧的繡球萬一拋到河裡，豈不是逼迫薛平貴去當水鬼仔王。

我這個站在岸上拍手鼓掌的觀眾，大概從七十四年開始，偶爾也獲邀上彩船客串一下，零星幾篇散文、小說被選入年度選。算是過過癮，換個角度看風景。

悠遊的水域。

寫作朋友徐惠隆，就是懷裡揣著飯糰、粽子跟著彩船跑的忠實觀眾。他從七十年散文選出版開始，年年購置，一本不缺，後來兼及小說選。不久前卻發現，散文選當中竟然少了九十三年那本，即四處搜尋，最後總算從九歌回頭書裡買到。

大概喜好寫作的朋友都不會放過九歌年度選，儘管年度選選錄文稿很難擺脫單一編選者個人偏好，卻還是能夠從中讀到某些文壇前輩和同好在過去一年寫了些什麼，同時看到有哪些教人一新耳目的新秀冒出來。

我加入九歌文庫出書行列，是近幾年的事。彷彿應驗了自己某篇散文標題——等到民國一百年。從一〇一年的散文集《我的平原》，一〇三年小說集《三角潭的水鬼》，一〇四年散文集《山海都到面前來》，到今年一〇七年出版的散文集《腳踏車與糖煮魚》。

在九歌出書晚，但得識九歌創辦人蔡文甫先生，則在九歌創辦之前，蔡先生主編《中華日報副刊》的年代。

我這個宜蘭鄉下人寫作迄今將近一甲子，大部分時間投入散文寫作，它是我喜歡書寫的文類也是報刊相當歡迎的文類。因此投寄《中華副刊》稿件大多蒙蔡先生錄用，偶爾還會接到他為某個專題規畫的邀約信函。有些文稿刊出後，往往再被選入《中華日報》及其他出版社編選的文集。

正因為有蔡先生和幾位報刊主編如此加油打氣，才讓我持續寫下更多散文，陸續由爾雅出版了《青草地》，在漢藝色研出版《與河對話》，宜蘭縣文化局出版了《逃匿者的天空》等書。

自己這輩子從事的工作，先在軍中出版社主編文藝叢書，接著教了兩三年書，又回到報紙編輯和新聞採訪工作。工作期間難得有假期，寫作不免斷斷續續，大多屬斷簡殘篇。

期間有三篇陸續發表於《聯合副刊》的散文：〈此時彼時〉、〈禁忌與陶甕〉、〈碎銀〉，在七十八年被選入《中華現代文學大系》。九歌送給每位作者整套包括詩、散文、小說、戲劇、評論等十五冊精裝本，隨即和隱地給我的幾十本爾雅叢書，瘂弦送我的一大箱洪範版文學叢書，變成了我每天出門採訪或休假四處旅行時，隨身背包裡輪值的說書人。反正這些說書人隨我搭乘國內外客運與航班，因為不占座位並無須購票。

這些說書人，個個盡忠職守。指定誰朗誦詩篇，他就朗誦；我找誰對談，他就專心應對。說的若是一齣戲，除了陰陽頓挫嬌柔粗野的腔調，連舉手投足皆不曾馬虎。他們個個明白，我最喜歡被巴結的關鍵是，必須說些我不曾聽過的故事。

歷經歲月淘洗磨合，河面上來來往往的船艇和大多數的說書人，全是我一輩子的良師益友，彼此不再大眼瞪小眼。近二、三十年來，有不少且變成我孩子和孫子的友伴，他們與那些年輕人一起，比跟著我還親密哩！

——原載於二〇一八年二月《九歌四十：關於飛翔、安定和溫情》

鐵鍊

雜貨店養著兩隻小狗，一黑一白。老闆娘偏愛小黑，不但常和牠說話，連喊叫的音調都不同。

小黑也實在乖，幾乎整天趴在水果攤架底下。縱使買水果的是不曾來過的陌生人，牠也只是盯著看，靜靜趴著不吭聲。照說黑狗黑眼珠子，不容易看出牠的眼神，但到這一刻竟顯得格外賊亮。

進門的若是老主顧，小黑便會豎起那穗漂亮的尾巴，節拍器般地左右搖擺。還不時把頭微側一邊，彷彿正在聆聽著老闆娘和顧客的談話，露出一臉似笑非笑的表情。

如果，有人向牠招招手，說兩句話表示友善，小黑就會加速擺動尾巴。仔細聽，還能聽到那穗尾巴打在地面的噗噗聲響。但也僅止於此，牠絕不會跟著任何人出門。

小黑打盹時，與別的狗不同。牠喜歡把長嘴巴擱在水果攤架下的一根橫木上，半瞇著或閉著眼睛，像隻河灘上曬太陽的鱷魚。

而小白的一切，截然不同。老闆娘總是咬牙切齒地說牠是流氓。前一分鐘還看牠坐在店門口，眨眼就不見影子。經常都要浪蕩到天黑餵食的時候，才看到牠老大搖搖擺擺地邁著大步，回來跟小黑搶飯吃。

老闆娘罵牠，牠把兩隻耳朵往下一耷，尾巴一夾，沒事兒似的；作勢要打牠，牠也知趣地躲到攤架下的牆角處。到了第二天早晨，只要店門一開，牠又是第一個衝出門外。

老闆娘終於想出一個專治小白的辦法——用條近兩公尺的鐵鍊，一頭綁牠，一頭扣在小黑脖子上，要牠跟小黑多學學。

過去，也曾把小白鍊在攤架下，但牠常怪腔怪調地嚇唬人。這回和小黑同時拴在一條鐵鍊上，行動受約束，牠卻認命，不吵不鬧。

老闆娘對自己突發奇想的智慧，甚為得意。她說，小黑是端莊淑女，用來對付流氓無賴最合適。

開始那幾天，老闆娘的發明的確有效。小白想出門閒逛，把鐵鍊扯得直直的，小黑照舊蹲在水果架下像座石獅子文風不動，小白竟也無可奈何。只有小黑到屋外方便的時候，兩隻狗才會一前一後地到附近溜達。

一條鐵鍊兩端各拴著一隻狗，有時一隻想往東，一隻要往西，互相牽扯著脖子，誰也走不了，只好傻楞楞地停在那兒。那是個很滑稽的模樣，也讓人看著覺得有些殘忍。

小白到底好動，經常扯緊那條鐵鍊，趁機朝著水圳邊去，小黑只好遷就地跟著。一些流浪的狗朋友，都會不約而同地到水圳邊的垃圾堆附近會合。

過不多久，兩隻相互鍊著的狗，竟已來去自如，能夠一起過馬路、躲車子，還一塊兒繞遠路過橋，到水圳對岸的大柳樹下玩耍。樹下草長又陰涼，躺在草地上和睡在鋪著涼蓆的沙發床，似乎沒什麼兩樣。

老闆娘這時才發現，鐵鍊沒拴住小白，反而把小黑也帶野了，只好解下牠們脖子上的鍊子。

鐵鍊除掉了，小黑卻再也不喜歡趴在水果攤下搖尾巴，牠甚至跑在小白前面，去霸占對岸柳樹下的地盤。

常見小白趴在雜貨店附近的水圳邊，朝著對岸的小黑汪汪叫；小黑連頭都懶得抬，照舊自個兒玩著。

——原載於一九九〇年五月三十一日《聯合報・副刊》

一個逃兵的自白
——寫給第一百期《九彎十八拐》雜誌

文學大師黃春明在宜蘭家鄉創辦的《九彎十八拐》雙月刊，第一百期定十一月一日出刊。這份單色印刷，發行各地的純文學雜誌，全靠著一群志工利用夜間或假日聚首經營，默默耕耘超過十六年，且將繼續朝前邁進，實在令人佩服。

自己曾經參與《九彎》創刊，並擔任編輯至第三十八期出版，雖未參與後續六十幾期的工作，仍然覺得與有榮焉。

這輩子在職場打滾三十幾年，包括職業軍人生涯，坐的全是編輯台、辦公桌，走動時則忙著採訪新聞，每天不是審閱文稿、編輯校對報刊書冊，就是書寫採訪稿。某一天突然警醒自己即將變成耆老，趕緊向報社申請提早退休，藉此掌握更多時間，把積存於頭顱海馬迴裡的故事寫出來。

沒想到才卸下工作喘口氣，二〇〇五年春天《九彎》準備創刊時，還是被老友春明

參與《九彎十八拐》雜誌創刊。

兄掀出來加入編輯群，重新埋頭在諸多名家與新秀的作品堆中工作了六年多。熬到二〇一一年夏天，六十七歲的我再度驚覺體力智力溜滑梯似地下滑，確實得辭掉編輯工作，以騰出更多時間，為自己喜愛的文學創作多下工夫。

偏偏面對的領導人是文學藝術界全才，我終身學習的榜樣，自己年齡又差他好幾歲，無從賣老。反覆思考斟酌，不得不向春明兄直白：「我想離開《九彎》！在你面前我不能說老，那是因為天下沒有幾個人像你一樣是個無敵鐵金剛。請允准我當個逃兵，留點時間和力氣，關在家裡把想寫的小說、散文，好好寫出來。」

看我說得認真，他先搓揉雙手，再撫著後腦勺回應：「嗯——回家專心寫作，好，很好呀！可你要牢記這個努力多寫的約定哦！」

往後每回見面，他開口第一句話必定問我：「最近寫了些什麼？沒偷懶吧！」

於今回想，慶幸自己始終不曾忘記春明兄縱容我潛逃時的約定，才能在離開《九彎》這十年，陸續寫下散文集《我的平原》、《山海都到面前來》、《腳踏車與糖煮魚》、《老宜蘭的臉孔》、《鄉野隨想》和小說集《坐罐仔的人》、《三角潭的水鬼》等七本書，今年底前還會整理一本新散文集交予出版社印行。

從文學版圖不斷萎縮的環境中，看著《九彎》由幼苗長成一棵挺拔高大、花果滿枝椏的樹木，躲在樹下那個老人仍樂於持續創作，總算讓我這個編輯群裡的逃兵，找到理由安慰自己。

——原載於二〇二一年十一月《文訊》

歪來倒去的風景

近些年往來宜蘭、台北，習慣搭乘行駛於高速公路的汽車客運。幾乎把過去乘坐台鐵火車的情景，抹成泛黃的記憶。

不久前參加一項評審會議，目的地緊貼松山火車站，如果不直接搭火車就得輾轉換車，平白浪費時間。於是，讓自己重回鐵路軌道，走一趟早年通學通勤時代熟悉的旅程。

沒想到，對火車的庫存記憶因此被迅速刷新，不但未讓我回到過去，還鑽進一個跟過去完全不同的時空。車廂裡，不再有一群人推來擠去吵吵嚷嚷，不再是四處鏽蝕褪掉顏色的空間，陳設的不再是眾人汗漬浸染，散發臭味的老舊座椅、扶手及靠背。

這回我搭乘的，說是很容易教人暈車的台鐵傾斜式電聯車。它一路快速地拐過來彎過去，晃動的情況猶如兒少時期盪鞦韆、坐旋轉飛椅，更像親自參與了太空影片拍攝，作一趟難得的科幻之旅。

年輕時有幾年在台北工作，上下班若沒趕上火車，便搭乘北宜公路的公路局客運班車。人在客運車裡，等同囚禁牢房而遭刑求的嫌犯，總被那九彎十八拐晃得七葷八素，忽略了車窗外的藍天白雲和青山綠水。尤其，不時看到其他乘客拿塑膠袋摀住嘴巴嘔吐，使原本清新的空氣很快攪和著酸臭的嘔吐物微粒而汙濁不堪。任何人身處那種場景，好像不跟著作嘔就失去同情心。

我是個經常失眠，動輒緊張且容易暈眩的人，這回搭上台鐵傾斜式列車，不免勾串起過去暈車的種種不堪景象，一路忐忑不安。好在傾斜式電聯車車廂光潔寬敞，讓自己感受完全不同。

甚至能夠清楚瞧見，在眼前搖過來擺過去，暈忽忽彷若醉漢的，顯然是整個天地而不是我。自己倒像個走得疲累站得疲累的旅人，斜倚在舒適座椅上，偶爾還蹺起二郎腿睜眼欣賞風景。

宜蘭線鐵路既穿梭山區又黏著海岸奔馳，隨處出現彎道，列車由軌道帶領前行，由不得自己，只能隨著軌道東彎西拐，整列車廂不時地左傾右斜再右傾左斜。結果，把靠近鐵道兩側的窗外景物，包括山巒林木、浪濤船舶，包括一批又一批房舍、電塔、電桿，挑逗得歪來倒去。

特別是那些猴急的電塔、電桿、房舍，輪番地想探頭找我聊天，沒料到貼近窗玻璃一瞄，面對的竟是個綳緊臉，半睜著眼，神似妖怪的邋遢乘客。那些高高低低的樓房和電桿，只好慌張地將準備伸進來的頭殼縮了回去，且猛地往後仰開，逃之夭夭。

列車把一路風景歪來倒去，最令我擔心是，傍隨軌道兩側街鎮上那些個加油站、高壓電塔、工廠的原料槽、甕窯雞餐館、五金行等等。那一槽槽油料與化學原料，一陶缸一陶缸甕仔雞，雖然未被司馬光拿石頭砸破，萬一傾斜過度導致翻覆，穩使田野遭殃，一隻隻甕仔雞也將跑光光；那五金行裡掛著擱著的鍋碗瓢勺，豈不都變成現代樂團揮舞打擊的樂器，即刻開起演奏會？

所幸全台灣歷史最悠久的宜蘭酒廠、朋友開設的書店、我的書房，沒框進車窗外的視野範圍，要不然歷經這麼歪過來扭過去的折騰，恐怕杜康、劉伶、陶淵明、李白、蘇東坡這些酒仙，都必須扛起酒甕四處遛達當街友。

在書店與書房來來去去的諾貝爾先生，再也護不了聶魯達、泰戈爾、馬奎斯、川端康成、莫言那一大票信眾，肯定個個人仰馬翻四腳朝天。大概只有身懷武功絕技的武林高手，或洞燭妖魔鬼怪行徑的段成式、蒲松齡等，少數人能逃得過劫難！

嘿，這世界真變了！平日裡站得牢固穩當的樓房電塔，竟然叫行駛中的傾斜式列車所搔癢戲弄。難怪各類交通安全標語，不時提醒大眾要保持距離，以策安全。

都說搭傾斜式列車容易暈車，且人暈車暈天暈地暈。果然。

我很少讀科幻小說、看科幻影片，宜蘭、松山來回這兩趟車，總算活生生地教我去體會現世代該體會該明白的一些樂趣和驚喜。

——原載於二〇二一年六月十四日《人間福報・副刊》

巧克力棒在家嗎？

●你不會假裝啊！

還不滿三歲的小孫女有一大群姑姑，包括從小學二年級學生到大學教授。

某次家族聚會，她把讀小二和小五的兩個姑姑帶到臥房裡唱歌、講故事，三個小女娃兒嘰嘰喳喳個不停，非常熱鬧。突然間，房間裡靜默了一陣子，我好奇地推開虛掩的房門，想看看三個小娃兒在做些什麼？

結果，看到小孫女坐在書桌旁畫畫，兩個姑姑分站兩側看著她畫。她抬頭發現我，立刻把塗繪的速寫簿合起來，朝著我揮手說：「爺爺，你走開！你走開！」我只好把房門掩上，僅留一道縫。

接著，就聽到小孫女開心地問兩個姑姑：「姑姑，你們知道小頡畫的是什麼嗎？」讀小五的姑姑說是吹泡泡，有大泡泡和小泡泡。小孫女說：「不對哦！」讀小二的姑姑接著猜她畫的是很多氣球，很多大氣球和小氣球。

小孫女甩著頭上的髮辮說：「也不對哦！」

隨即聽到兩個姑姑異口同聲地問她：「那你說說，你畫的究竟是什麼？」

「嘻嘻，是飛機和汽車呀！上面這些小的是飛在天空的飛機，底下這些大的是汽車，最大的是火車。」

「不對哦！」小二姑姑學著小孫女的口氣，不表贊同。還糾正她：「飛機有翅膀，小頡你畫的只是圓圈圈，又沒長翅膀。」

「嗯，的確不對哦！」小五姑姑跟著追加一句：「那汽車火車會有好多個輪子，但你只畫幾個圈圈，不像汽車也不像火車呀！」

小孫女鎮定地解釋：「飛機飛得很高很高呀！」

「那汽車和火車，可都在地上跑呀！車子不但有幾個車輪，還會看到車上坐很多人呀！」小五姑姑刻意要難倒這個不到三歲的小娃娃。

未料，小孫女突然把音量提高，用著非常不耐煩的口氣說：「你們長這麼大了，一點都不會假裝。」

我從門縫裡偷偷往裡瞧，看到小孫女瞪著大眼睛朝左右掃了兩個姑姑後，即用筆尖點著速寫簿上的小圈圈和大圈圈說：「你們可以假裝它是飛機，它是汽車，它是火車呀！」

頓時說得兩個姑姑啞口無言。

——原載於二〇〇四年十二月五日《中華日報．副刊》

●巧克力棒在家嗎？

小孩子都喜歡吃糖，小孫女自不例外。只是吃糖時，她都不會忘記學著大人的口氣，老氣橫秋地強調：「糖不能吃太多哦！」

如果大人回一句：「吃太多會怎樣？」她就會接著應道：「牙齒會壞掉呀，牙齒壞掉，那麻煩可大了。」有時，她會自問自答地說一遍，因此比起別的孩子，對吃糖她算是懂得節制。

有一天，我們一老一小坐在書房裡各忙各的。我對著電腦敲鍵盤寫小說，她坐地毯上堆積木，嘴裡還不時哼兒歌。當她堆成一列火車時，突然走到電腦旁問我：「爺爺，巧克力棒在家嗎？」這一問，問得我一頭霧水，楞在那兒。

小孫女看我沒回應，繼續歪著頭、瞪著大眼珠說：「嗯，我想媽媽買的巧克力棒可能睡著了！」

這時我才恍然大悟，趕緊離開電腦桌走向廚房，一面告訴她：「爺爺偷偷去敲門，看看巧克力棒這隻懶蟲在不在家。」

當我把一枝巧克力棒遞到她手上，她笑得特別開心，對著手中的巧克力棒說：「嘻，你是懶蟲，我要把你吃掉！」

——原載於二〇〇四年十二月二十二日《中華日報・副刊》

●連天空也在笑

宜蘭地區在天氣變冷前，接連下了一個多星期的雨。上午難得放晴，看到太陽金燦燦的，便帶著小孫女到文化中心散步。

文化中心大草坪西北角有幾棵老榕樹，樹底下有幾張不同式樣的木頭椅子，我們一老一小兜著草坪玩累了，就賴在椅子上歇腳。接近中午，小孫女說她肚子餓得走不動，老小一番商量，到附近買來飯盒坐在椅子上吃了開來。大多時候是我吃兩口餵她一口，有時她也要求自己扒兩口。

樹葉飄動時，會有太陽的光影灑進飯菜裡，小孫女伸出手掌攔著那光影晃一晃說：「爺爺，只有我們在遠足野餐哩！」我想，這一定是幼幼班老師教的，幼幼班曾經要家長為小朋友準備餐盒，讓他們帶到公園野餐。

我們所選定的座椅，位置靠近一個五岔路口，不時有人車來來往往。有些路人沿著人行步道經過時，會朝著小孫女笑一笑，甚至揮揮手打招呼。小孫女說：「今天大家都很高興，每個人都笑嘻嘻哩！」

路上有一輛老爺車在紅燈暫停時突然熄火，幾次重新發動引擎，才衝衝撞撞地起動，小孫女盯著那晃動的汽車看了許久，把小手摀住嘴巴告訴我說：「嘻嘻，連那汽車都笑得嗚嗚嗚嗚哩！」

我隨即指著老榕樹上被風吹動的枝葉，問說那它們呢？她偏頭看了一眼說：「樹葉也在笑呀！」我再指著五岔路口不時變換的紅燈、黃燈和綠燈，她立刻用手掌比出一張一合的動作回我說：「GREEN、YELLOW、RED，它們都跟著笑，一直在笑呀！」

我轉個身用手指向大草坪，她蹲下來撫著草地說：「小草小花都笑個不停耶！」我無可奈何地舉起手臂朝向天空，她說太陽笑得臉紅紅的呀！我問她，那天空呢？她說：「天空當然跟著笑。」

然後，她抬頭用明亮的眼眸盯住我，等著我繼續提問。

——原載於二〇〇四年二月十九日《聯合報．繽紛版》

蠹魚

朋友愛讀書，給人印象經常是成天栽進書堆，像埋頭吃草的牛羊。偏偏他身材瘦小，沒有牛羊的骨架，相較之下，大概只能算條書蟲。

書蟲種類不少，名稱各異。什麼衣蟲、白魚、壁魚、赤木蟲、蠹魚……，大家認為其中蠹魚筆畫繁複，頗具古意，顯得出學問，於是，蠹魚自然地取代了朋友原本姓名。

周邊朋友直呼他蠹魚，比他年輕的叫他蠹魚大哥或蠹魚叔叔。連書店老闆、咖啡店小妹、圖書館管理員，都喊他「杜先生」。

他覺得，因為喜歡讀書而能跟一位唐朝大詩人，中國文學史的詩聖杜甫攀點關係，有所連接，便不以為忤，樂於應答。

自古以來，人們常拿學識淵博去形容有學問的人。若更具體，則套句老舊成語，說是學富五車。早年可以讀通塞滿五輛馬車牛車的竹簡或紙本書籍，確實了不起。而朋友蠹魚家中藏書萬千，還時常鑽進書店、二手書店、大小圖書館持續搜購借閱，累積肚腹內的學問，恐怕需要四五輛現代的大車才載得了，例如火車。

近些年高速鐵路與台鐵普悠瑪乘客太多，前頭有機關車牽引，末尾肯定加掛一台機關車，在爬坡時幫忙使勁往前推，下坡時幫忙煞車減速。我做肩頸復健的醫院，正貼著鐵道邊。每逢火車經過，總會將火車跟蠹魚的滿腹學問串起聯想。

蠹魚確是個鬼才，人家形容學問好見識廣博叫上知天文下知地理，我看他不只這些，隨時左右逢源之外，還能夠橫貫東西穿越南北。

一般人啃書，相當費勁費神，且要耐得住孤獨寂寞。蠹魚為了培養良好閱讀習慣，硬是把它轉換為談戀愛般的享受，談戀愛雙方隨時隨地都想黏貼一塊兒。蠹魚看書同樣不選時地，桌上車上路上床上馬桶上，甚至醫院候診室。更像人們享受珍饈美食，求得三餐溫飽外，點心、下午茶、宵夜來者不拒。

蠹魚個兒小，喜歡窩居在仄窄隙縫，對近年來流行人手一機的電子書，卻毫不動心。

他反覆讀過幾遍《聊齋》書生遭遇妖魔鬼怪捉弄的故事，讓他以為許多人酷愛電子書，應該是被妖魔纏住了。那晶亮鏡片底下，肯定躲藏著「魔神仔」。終於有一天，逼迫讀書人丟棄紙本書籍，去打開塑膠及金屬材料組合的電子書庫。

蠹魚不甘心俯首稱臣。這種蟲子，能往前奔馳，也會朝後疾走，左閃右拐，如同他的無礙辯才。他很快找出一則報導，說歐洲某些進步國家人民，選擇傳統閱讀方式的仍占大多數，高達九成以上。當中僅兩成二的閱讀人口，準備接受數位閱讀。

可近年來，大家藉環保之名做了不少事。蠹魚發現部分不同年代印刷的書籍版本，頁數開數一樣，厚薄輕重則有明顯差異。尤其新近再版的，翻閱時散發著古怪味道，嗅不出書籍該有的香氣。

書頁上纖維紋路顯得粗糙的屬再生紙，顏色潔白紙質細緻而充當彩色插頁的，也許浸泡了漂白劑或以其他化學物質薰蒸過。

愛讀書的人，通常比較感性，傾向多愁善感。一發現周邊東西有毒，食材受汙染，即整天懷疑自己身上這兒疼那兒痛，與此脫離不了干係。身體裡頭所有管路，那些粗細分支的血脈，呼吸起伏的氣息，雖說分秒奔馳流淌著，卻可能在某個瞬間毫無預警中斷堵塞。

持續那麼多年，蠹魚忘寢廢食地翻閱瀏覽大量書籍，舊債加新帳，早已吸納積存太多毒素，難怪他常常悶悶不樂甚至精神恍惚。夜間躺上床鋪，總是翻來覆去難以入眠。

慫恿他去看醫生，他先則藉詞死拖活賴，後來突然想起我這個朋友白天像隻白鷺鷥

書堆裡就是蠹魚的天地。

飛來飛去，天黑又化身暗光鳥四處覓食，肯定同屬一個族群，硬拉我作陪。

真應了老祖宗所說：「人與人之間交往，避不開龍交龍，鳳交鳳，瘟龜仔交凍戇。」彼此猶如屎穴蟲，你爬過來我爬過去，聚於一窩，誰也不嫌誰臭。

可兩個老男人作夥求診治失眠，畢竟稀奇。把醫生、護理師、候診民眾全看傻了眼，只差沒開口詢問兩人究竟什麼關係。好在去的是身心科，每個人心裡都自以為早有個底。

醫師說，人生如果沒有故事，就像一張沒有文字圖繪的白紙，既然兩個人同樣喜好閱讀，心緒反覆受到書中文章情節所衝擊，心情一旦受影響，個人食欲、睡眠、血壓、心跳都會跟著起變化。根據診斷，兩人不但長期失眠，還患有輕度憂鬱。

蠹魚把醫師給的診斷書，用立可白將自己名字塗掉，留出空白的姓名欄位，影印一疊擺在口袋，每逢書蟲知己聚會就分送，提醒大家要多多保重。

他說，只要在姓名欄位填寫自己姓名，立刻明白自己究竟罹患什麼症狀，該到什麼醫療院所找哪科醫師求診。

過半年多，藥效似乎沒先前靈光。蠹魚認為，路走長了腿部肌肉自然痠痛僵硬，慢慢使不上力。他聽鄰居介紹，獨自去找中醫針灸。漂亮的女中醫師仔細望聞問切一番，說暫不下針，先試試藥物治療，而開給他一星期二十一包連接成串、香氣四溢的褐色藥粉。

他服用過後覺得管用，中醫師繼續給了兩個星期藥粉。他捧著那串盤蜷的大蟒蛇，要我截幾包試試？

看我沒應答，且疑惑地盯住藥包，他立即從口袋掏出詳列藥材名稱、成分劑量的處方箋，攤在我面前，說他查過相關書籍，確實有其療效。

處方箋的藥材名稱，包括：清心蓮子飲、黃柏、車前子、芍藥甘草湯、牛膝、薏苡仁、大葉千斤拔……。我逐一唸著唸著，忍不住笑出聲來。

這回換他睜大眼珠子瞪我。我說，藥粉裡某些成分喚醒我童年記憶。小時候住的鄉下房子，隔幾家就是中藥鋪，好天氣都會瞧見店老闆阿火叔搬出藥材，用竹編簍筐攤曬路邊，他自己則打赤腳坐上木頭椅子，彷如現代健身房踩滾輪那種架勢，雙腳踩著一個厚重的鑄鐵圓盤輪軸，在船形碾藥槽來回滾動，碾碎藥材。

左鄰右舍尚未入學的幼童，聞到濃郁的藥材香味很快攏聚過來。遇上阿火叔心情好，常掏出肉桂屑或甘草薄片，分送大家。有時候，他聽說某個小屁孩在家撒野不聽話，便以味道很苦的黃柏混充甘草，捉弄這個小屁孩。

當年鄉下沒幼稚園也沒安親班，村裡的木匠店、中藥鋪、雜貨店、腳踏車行、剃頭店，正是我們學齡前上課的教室。

尤其中藥鋪櫃台後方，整面牆像拿了數不清的小抽屜堆積砌築而成，每個抽屜面板分別以毛筆字寫下各種藥材名稱。對於我們這一群急著求知識字的幼童而言，恰是個深奧迷人的課本，比鄉公所公告欄張貼的公文要吸引人。

我很早認得甘草、黃柏幾個字眼，就是從藥店這面牆壁課本學來的。何況絕大多數中藥材，來自草本或木本植物，確實迎合了書蟲胃口呀！

回憶靡雜現實，一再地朝我身上搔癢，怎能教我隱忍不笑呢？

樂不忘憂，我想到的是，喜歡看書者越來越少，連幼童都搶著父母的手機當玩具，將來恐怕少有人願意寫書印書，惡性循環結果，絕對威脅到蠹魚的生存。

蠹蟲卻面無表情地告訴我說：「吾輩在這個地球上傳承已長達三億年，早在人類以竹簡木牘串冊成卷，發明紙張書寫印刷之前，已經睖瞪著人們的一舉一動。」

他進一步提醒我：「可不要忘記，任何牆壁櫥櫃只要有隙縫可鑽，就有蠹魚存活的天地，人呢，大多數的人還得靠其他人餵養哩！」

書讀太多，難免狂妄呆痴，說起話來正合我們鄉下俗諺說的：「死鴨子只剩嘴巴硬！」蠹魚有些話，我聽過之後總得琢磨琢磨。

日前，蠹魚向一位過世的窮長輩拈香，瞻仰遺容時瞧見那長輩頭枕著一大落紙錢，身邊也塞了不少。葬儀社人員告訴他，整具大體底下鋪墊紙錢稱作金銀床，主要怕屍水滲漏；身邊塞點紙錢，可避免抬動棺木時左右晃動。其他作法則是傳之久遠的習俗，腦袋枕的叫金寶枕，右腳板底下踩一疊掛金，左腳板底下踩一疊銀紙，即是一腳金一腳銀，讓亡魂雙腳踏著金銀來去，輪迴轉世後不再窮苦，永遠不愁吃穿。

這番景象，令蠹魚大為震驚，彷彿一盆冷水從頭淋到腳。算醍醐灌頂吧！回到家等不及按鄉下習俗沐浴更衣，馬上直奔書房，由雜亂的書堆裡搜羅一批書籍。

揀出《紅樓夢》、《水滸傳》、《三國演義》、《金瓶梅》、《唐詩三百首》、《宋詞三百首》、《西遊記》、《老殘遊記》、《聊齋》、《閱微草堂筆記》、《幽夢影》、《沈從文小說》、《汪曾祺散文》、《瘂弦詩集》、《檀香刑》、《紅高粱家族》……

外加洋文翻譯過來的《契訶夫小說全集》、《百年孤寂》、《愛在瘟疫蔓延時》、《愛情萬歲》、《博爾赫斯全集》、《莎士比亞全集》、《追憶似水年華》、《痲瘋病人》、《剝洋蔥》等等。不管精裝本平裝本，不論簡體字繁體字，全集中在一個最靠近他書桌的玻璃櫃裡。

縱使在書房打瞌睡，蠹魚也要讓自己張開眼便看得到，伸出手臂便摸得到那些書。

——原載於二〇一九年三月三十一日《自由時報．副刊》

附錄一
關於作者

一九四四年　出生於壯圍鄉土圍村。五歲入壯圍國小，接續畢業於宜蘭中學初中部。

一九五九年　喜歡美術與作文，就讀羅東中學高中部期間開始寫作投稿，創辦油印刊物《旭光文藝》，並與同好主編鉛印刊物《蘭苑文藝》。

一九六二年　與藍祥雲等六人合出詩集《浪花集》，由青年生活社出版。就讀國防大學政戰學院藝術系，持續寫作投稿。

一九六九年　於《幼獅文藝》發表新詩〈你我的歌〉，獲菲律賓《大中華日報》譽為該年度中國詩壇代表性作品。隨後多年被數所大專院校詩歌朗誦隊採用為朗誦比賽作品。

一九七〇年　擔任陸軍總部出版社文藝叢書主編，編印散文小說等二十餘冊。

一九七一年　由光啟出版社出版散文集《弦月谷》。獲國軍第七屆文藝金像獎，國防部官兵文庫出版長詩《新世紀的晨光》。

一九七四年　獲中華民國新詩學會優秀青年詩人獎。陸軍第三屆文藝金獅獎。

一九七五年　應中國時報副刊邀約書寫〈龜山島〉，分兩天刊登並選入時報叢書《現實的邊緣》。文中所創作「龜將軍因與海龍王最寵愛的蘭陽平原公主私訂終生，而遭隔離逐出龍宮」的神話，迄今仍常被引用。

一九七六年　散文集《靈秀之鄉》由水芙蓉出版社出版。十月少校退伍，獲聘為宜蘭高中教師。在此前一年多即奉陸軍總部核准於每周六上午到宜中兼四堂課。

一九七八年　爾雅出版社出版散文集《青草地》。辭教職進聯合報，先後擔任副刊編輯、萬象版主編、宜蘭縣召集人，任職二十五年期間曾獲多次模範記者獎、績優人員獎。

一九八〇年　獲中國文藝協會第二十一屆文學散文創作獎章，由前總統嚴家淦先生頒獎。

一九八五年　將宜蘭河「船王」林石順贈送的一艘駁仔船，轉送縣政府。目前放置蘭陽博物館展示。

一九八九年　獨家報導縣誌上的龜山島以及宜蘭縣經緯度全部出錯，聯勤測量署於新聞見報後重新提供正確經緯度。

一九九〇年　散文集《與河對話》由漢藝色研出版社出版。散文〈行過悠閒歲月〉、〈小腳外婆的家〉、〈媽祖宮的籤詩〉、〈馬纓丹〉、〈此時彼時〉五篇，選入大陸百花文藝版《台灣藝術散文選》。

一九九五年　有關龜山島散文，被選入北區五專聯招國文科試題。

一九九六年　散文〈與河對話〉被大陸晨光出版社收錄在《中國著名散文背誦一〇〇篇》，〈馬纓丹〉則選入湖南出版社《人生四景》書中。

一九九九年　極短篇〈成長的代價〉選入國立編譯館的國中選修《國文教師手冊》第二冊第一四八頁。

二〇〇一年　參與宜蘭大學「宜蘭河流域人文及自然資源調查計畫」，為期十八個月。

二〇〇四年　獲第一屆蘭陽文學獎小說第二名。散文集《逃匿者的天空》由文化局出版，被行政院文建會「二〇〇六年全國閱讀運動」選為六十三本文學好書之一，也是唯一由公家機關出版的書籍。在宜蘭社區大學開設「書寫宜蘭」寫作班。散文〈行過悠閒歲月〉被選入九十三年度全國語文競賽國中組朗讀篇目。

二〇〇五年　中正大學語文研究所引用極短篇〈老虎的步伐〉當九十四年度試題。民間故事集《老宜蘭的腳印》由文化局出版。與徐惠隆合寫《太平山的故事》由農委會林務局出版。參與《九彎十八拐》文學雙月刊創刊。

二〇〇六年　小說集《沒鼻牛》由歷史智庫出版。〈龜山島——大自然的教室〉被選為第十回國中學生基本學力測驗國文科題本。開始在網路闢設部落格「吳敏顯筆記簿」。

二〇〇七年　民間故事集《老宜蘭的版圖》由文化局出版。《宜蘭大病院的故事》由署立宜蘭醫院出版。協助文化局策畫「文定龜山島」活動，邀請作家登島夜宿寫作，並主編《在這裡．在那裡：大家來寫龜山島》文集。

二〇〇八年　散文〈媽祖宮的籤詩〉及小說〈滿溪全鮘魚〉，分別入選行政院文建會《閱讀文學地景》套書中的散文卷及小說卷。散文〈走進山林裡〉，選入台北縣九十七年度語文競賽國小教師組朗讀篇目。

二〇一〇年　民間故事集《宜蘭河的故事》由蘭陽博物館出版。出書後，隨即應邀二十幾場演講及走讀活動，包括縣長林聰賢都和民眾一塊兒坐在航行中的管筏上參與走讀。

二〇一二年　散文集《我的平原》由九歌出版社出版。翌年獲選為「一〇二年台灣閱讀節名家推薦百大好書」文學類四十六本之一。

二〇一三年　心疼清朝及日據時期舊縣衙故址十一棵老樟樹將被移除，撰寫散文〈群樹遺言〉並搭配照片刊登於《聯合報．副刊》。隨即引發各界熱烈回響，主動連署護樹，促使政府依《文化資產保存法》將老樹群登錄為文化景觀加以保護。

二〇一四年　小說集《三角潭的水鬼》由九歌出版社出版。隨即有中央、教育、中山、復興、警察等廣播電台陸續訪談推薦。

二〇一五年　散文集《山海都到面前來》由九歌出版社出版。八月應中國作家協會邀請到北京參加「海峽兩岸抗日題材作品座談會」，會中發表散文〈那一年半載〉，走訪盧溝橋、山東棗莊，台兒莊車站、古城及抗日紀念館，參訪沂南影視城、八路軍的山東小延安、竹泉里、大青山戰場，以及費縣石雕。

二〇一七年　小說集《坐罐仔的人》由聯經出版社出版。

二〇一八年　散文集《腳踏車與糖煮魚》由九歌出版社出版。縣文化局出版民間故事集《老宜蘭的臉孔》。小說〈天送仔〉選入《華文小說百年選——台灣卷》。

二〇二〇年 日記體小品《鄉野隨想》由爾雅出版社列入「作家日記」系列出版。散文〈冬陽〉獲康軒文教集團選入《國中國文課本》第三冊第九課課文；〈冷天的陽台〉則作為「延伸探索」文本。

二〇二一年 連續四年擔任教育部文藝創作獎學生組評審。獲頒第九屆宜蘭縣文化獎。

二〇二三年 香港時信出版公司摘選散文〈宅老的日常〉，作為《高中中國語文（卷一）文言白話精練》教材。

附錄二

第九屆宜蘭縣文化獎得獎理由

——宜蘭縣文化獎評選小組

吳敏顯先生，宜蘭壯圍人，幼時喜好閱讀，稍長舞文弄墨，於焉培養文藝氣息，締造文學王國。凡此概從鄉土出發，書寫民情，關懷社會，念茲在茲，縈繞心繫，就是宜蘭——我們共同的家園。

長期擔任《聯合報》記者的吳敏顯，每天報導新聞，撰述評論，就因親臨採訪，析理詳實，提供認知管道與訊息來源，跟讀者聲氣相通，文字交會，而為另類互動，使其在宜蘭堪謂家喻戶曉，幾乎人盡皆知。曾任〈萬象版〉主編，深受賞識，得見升遷，但他不為所動，毅然返鄉，立足宜蘭，獻身創作，發皇宜蘭文學慧命。

早在民國四十八年，吳敏顯就起筆成章，旋即編印《蘭苑》，至今垂逾花甲之久，

作者於二〇二一年十一月二十七日接受宜蘭縣長林姿妙頒給第九屆宜蘭文化獎。

共出書約二十冊，燦然豐碩，聲滿蘭陽，馳譽全台。由於熱愛文學，積極創作，吳敏顯除純文學外，還有報導文學與歷史文學，以其熟悉鄉土藝文掌故，寫來順手，可讀性高，作品內容猶重宜蘭的鄉土人文與風物習俗，對宜蘭歷史的建構與傳播，發揮正面效益。「文化」是人類在歷史發展過程中創造的總成果，吳敏顯正是這總成果彙展的重要推手。

宜蘭各類文化活動、各級政府與藝文團體所辦的相關工作總可見他熱心投入的身影，如：擔任文化類相關委員會委員、社區大學開設「書寫宜蘭」寫作班、應邀社區與學校演講、帶領學員文史巡禮、辦理青少年文學營、受聘各項文學獎評委、擔任蘭陽文學叢書編審、各類文學作品審查、參與文物古蹟調查等，在在都是他深耕宜蘭文化的具體表現。

吳敏顯並藉助個人在文學界之聲望，多次邀請國內知名文化人士到宜蘭參訪、演講、座談，對宜蘭文風提升有明顯成果。尤有進者，吳敏顯的作品常在各大報刊發表、入選全國性文選、屢獲海外書報轉載、又被各級學校選錄為教材與試題。凡此對推廣宜蘭文化立縣，提升宜蘭的能見度，確有莫大貢獻。

要之，吳敏顯立足鄉土，闡揚文學，報導訊息，深耕文化，進而推銷宜蘭，迴向宜蘭，可謂功在宜蘭。評選小組一致推薦頒贈「宜蘭縣文化獎」，以資表彰。

九　歌　文　庫　1378

我的風火輪

國家圖書館出版品預行編目 (CIP) 資料

我的風火輪／吳敏顯著．-- 初版．-- 臺北市：九歌出版社有限公司，2022.05
面；　公分．--（九歌文庫；1378）
ISBN 978-986-450-435-0(平裝)

863.55　　107001879

作　　者——吳敏顯
責任編輯——李心柔
創 辦 人——蔡文甫
發 行 人——蔡澤玉
出　　版——九歌出版社有限公司
台北市 105 八德路 3 段 12 巷 57 弄 40 號
電話／02-25776564・傳真／02-25789205
郵政劃撥／0112295-1

九歌文學網　www.chiuko.com.tw

印　　刷——晨捷印製股份有限公司
法律顧問——龍躍天律師・蕭雄淋律師・董安丹律師
初　　版——2022 年 5 月
定　　價——340 元
書　　號——F1378
I S B N——978-986-450-435-0
9789864504374（PDF）